Le perchoir
du perroquet

« C'est à ce moment que Joachim, qui, sur le perchoir du perroquet, n'avait jamais perdu de vue la lueur de sa foi en l'homme et en Dieu dans les ténèbres de la souffrance, avait abandonné tout espoir, parce qu'il avait réalisé que la perversion absolue ne résidait pas dans l'extrême de la cruauté et de la douleur, mais dans les mots, sur lesquels il avait fondé son existence. »

Le perchoir du perroquet est un instrument de torture destiné à faire parler. C'est-à-dire à vider toute parole de son sens sous l'effet de la douleur.

Histoire de la pensée d'un homme arrivé au point ultime de sa destruction intérieure, réflexion sur la cruauté de la mémoire et l'incertitude des mots, le Perchoir du perroquet est un récit violent soutenu par une écriture d'une force et d'une densité particulières.

Après des études poussées en lettres et en sémantique, Michel Rio s'est consacré entièrement à l'écriture. Il est l'auteur d'articles scientifiques publiés en France, aux Etats-Unis et en Italie, de contes pour enfants et d'œuvres de spectacle (opéra et théâtre). Il a publié quatre romans aux éditions Balland, salués par la presse comme autant d'événements littéraires. Dès le deuxième, il a été traduit aux Etats-Unis et en Grande-Bretagne.

Du même auteur

AUX ÉDITIONS BALLAND

Mélancolie nord
roman, 1982

Alizés
roman, 1984

Les Jungles pensives
roman, 1985

L'Ouroboros
théâtre, 1985

AUX ÉDITIONS DU SEUIL

Archipel
roman, 1987

en collection de poche

Mélancolie nord
coll. « Points Roman », 1986

Alizés
coll. « Folio », 1987

Michel Rio

Le perchoir
du perroquet

roman

Balland

TEXTE INTÉGRAL

EN COUVERTURE : illustration Maxime Préaud

ISBN 2-02-009727-3
(ISBN original 2-7158-0437-7)

Perchoir du perroquet : technique de torture largement utilisée en Amérique latine. La victime, nue, est pendue la tête en bas de telle manière que tout le poids de son corps repose sur ses avant-bras. Elle a très vite l'impression que ses doigts vont éclater. Ses bras semblent se disloquer. Le perchoir du perroquet n'est en général qu'une introduction à d'autres tortures.

(Commentaire tiré du film
The Year of the torturer).

« Mes frères moines, votre abbé, votre père m'a fait l'honneur de me demander, à moi prêtre étranger qui partage depuis un an votre vie et votre maison, de prononcer le commentaire de l'Eucharistie, ce dimanche. Et je me suis posé certaines questions... »

Joaquìn Fillo, ou frère Joachim, puisque c'était le nom qu'on lui donnait à l'abbaye, parlait un français hésitant et classique d'une voix basse et comme neutralisée par la lassitude. Ses mots se coloraient parfois de quelques nuances latines involontaires venant perturber le dépouillement du ton, mais la singularité, la conviction, l'émotion se situaient bien davantage dans le choix des termes et la construction du texte qu'il lisait, et qu'il avait soigneusement rédigé à l'avance, que dans la façon de le prononcer. Cette absence d'effet n'avait pourtant aucun rapport avec le ton monocorde délibéré employé par les moines dans la diction, inventé pour tuer jusqu'à la particularité expressive de la voix dans le combat général mené contre le « moi », mais correspondait plutôt à un climat intérieur propre à Joachim. Cette monotonie restait personnelle et suscitait une émotion insidieuse. Surpris par cet exorde où déjà le « je » intervenait sans précaution aucune, les moines avaient levé la tête et le regardaient. Au fond de l'église, quelques fidèles et un groupe de retraitants, cessant soudain de tousser et de s'agiter sur leurs chaises, dressèrent l'oreille.

« Je me suis posé certaines questions. Fallait-il que je me conforme à l'usage et que je vous répète une fois de plus ce que vous avez mille fois entendu, ce que vous savez et croyez à propos de l'humilité, de la prière et de la foi ? Ou fallait-il que je vous dise *quelque chose,* en prenant le risque d'introduire dans cette maison d'où elle est bannie la voix d'un homme particulier, d'une chair et d'un esprit individuels ? Et en conséquence, le risque aussi de vous scandaliser ? J'ai décidé enfin de courir ces risques, et de vous parler de la douleur, du culte de la douleur qui est un des fondements de notre religion. Et d'abord de la Passion du Christ, dont l'horreur a été minutieusement détaillée dans les textes et l'iconographie, de telle manière que cette horreur, qui devait être le plus grand mal, a été dès l'origine indissolublement liée au plus grand bien, qui est la Rédemption et la Vie, les deux formant un tissu indistinct où se tressent le sang et l'amour, la souffrance et la joie, le jardin des supplices et le jardin des délices, la victime et le bourreau engendrant un type d'homme qui est sa propre victime et son propre bourreau. Les martyrs : Fabien, Valentin, Timothée, Gordien, Mérée, Achillée, Pancrace, Urbain, Marcellin, l'apôtre Paul, Jacques le Majeur, Nazaire, Simplice, Faustin, Abdon, Sennen, Donat, Sixte, Eugénie, Prote, Hyacinthe, Cyprien, Maurice, Justine, Côme, Damien, Valérien, Tiburce,

Chrysogone, Catherine, qui eurent la chance d'être simplement décapités. Étienne, Mathias, Eusèbe, Crisant, Daria, qui furent lapidés. L'apôtre Thomas, Agnès, l'apôtre Matthieu, Victor, Ursule et les onze mille vierges, l'apôtre Simon, l'apôtre Judas, qui périrent par le fer. Euthicès, Gervais, Maxime, qui furent flagellés jusqu'à en mourir. Anastasie, l'apôtre Barnabé, Théodore, qui furent brûlés vifs. Vitus, Modeste, Protais, Félix, qui furent disloqués sur le chevalet. L'apôtre Jean et Cécile qui furent ébouillantés. Blaise, Boniface, qui furent déchirés par des griffes et des peignes de fer. Symphorien, Corneille, qui furent flagellés, puis décapités. Calixte, qui fut flagellé et jeté dans un puits. Sébastien qui fut flagellé et percé de flèches. Lucie, Prime, Second, Christophe, Cyriaque, Savinien, qui furent brûlés à l'huile, à la poix, au fer, au plomb, puis décapités. Laurent, Gorgon, Dorothée, Denys, qui furent flagellés et brûlés sur un gril. Saturnin, qui fut flagellé, brûlé au fer, écartelé sur le chevalet et décapité. Eustache, qui fut jeté dans un taureau d'airain rougi au feu. Jacques l'Intercis, qui fut coupé en morceaux. Quentin, qui subit le chevalet, fut flagellé, brûlé à l'huile, à la poix, à la chaux vive, et empalé. Euphémie, qui fut battue, pendue par les cheveux, et percée d'un glaive. Léger, qui eut les yeux arrachés, la langue coupée, et fut décapité. Barthélemy, Juliette, qui furent écorchés vifs. Adrien, qui fut flagellé et eut les membres coupés. On rapporte que la zélée Natalie, femme d'Adrien, rendit grâce à Dieu de la sanctification de son époux par le martyre, et tint à ce qu'il souffrît autant et plus que ses compagnons. Hippolyte, qui fut flagellé, déchiré par des peignes de fer et traîné par des chevaux jusqu'à la mort. Timothée, à qui on fit avec des pinces d'horribles plaies sur lesquelles on mit de la chaux vive, et qui fut décapité. L'évangéliste Marc, qui fut traîné au sol jusqu'à en mourir. Vital, qui fut enterré vif. Georges, qui subit le chevalet, fut déchiré par des ongles de fer, brûlé par des torches, à qui on mit du sel sur ses plaies. Félicien, qui fut cloué à un poteau et décapité. Longin, à qui on arracha les dents et la langue, et qui fut décapité. Vincent, qui subit le chevalet, fut déchiré par des ongles de fer, brûlé et percé de pointes rougies, placé sur un gril, à qui on mit du sel sur ses blessures, et qui fut enfin roulé dans des tessons tranchants et cloué à un poteau. Ignace, qui fut flagellé, brûlé, déchiré, subit le supplice du sel, et fut jeté aux bêtes féroces. Julienne, qui fut flagellée, brûlée avec du plomb fondu, brisée sur une roue et décapitée. Agathe, qui subit la flagellation et le chevalet, eut les seins déchirés et coupés, et fut brûlée vive sur un lit de charbons ardents. Les filles de Sophie, qui furent flagellées, brûlées sur un gril, écartelées sur un chevalet, à qui on coupa les seins, et qui furent décapitées. Marguerite, qui fut déchirée par des crocs de fer, disloquée sur un chevalet, brûlée avec des torches et décapitée. Christine, qui fut flagellée, déchirée par des peignes de fer, brûlée avec de l'huile et de la poix, qui eut les seins coupés et fut achevée à coups de flèches. L'apôtre Pierre, notre premier pape, qui demanda par humilité à être crucifié la tête en bas. L'apôtre André, qui fut flagellé et crucifié, et, nous rapporte Voragine, dit à Égée son bourreau : " Invente tout ce qui te paraîtra de plus cruel en fait de supplice. Plus je serai constant à souffrir dans les tourments pour le nom de mon Roi, plus je Lui serai agréable. » Et il dit aussi en voyant la croix sur laquelle on allait le clouer : " O bonne croix, qui as reçu gloire et beauté des membres du Seigneur. En procurant l'amour du ciel, tu es l'objet de tous les désirs. " En Espagne, on a fait du mot " douleur " un nom de baptême. Si j'ai pu réciter devant vous la liste horrible et monotone des souffrances de ces martyrs, c'est qu'il ne s'agit pas de folies et de scandales malgré quoi s'est bâtie l'Église, mais sur quoi elle s'est bâtie. Ces supplices sont devenus, sont encore des *exempla,* et il y a là plus que de la vénération pour des êtres qui ont refusé de trahir leurs idées, une véritable fascination devant la qualité rédemptrice de la douleur. Et puisque la Rédemption est une fin, il me semble que la souffrance qui est sa couleur de sang en est une aussi à cause de leur caractère indissociable. Je n'ose pas vous dire ce que me suggèrent les paroles d'André ou de ceux qui y trouvent matière à sermon.

Qu'ont-ils fait de Dieu ? Quel homme oserait demander à son enfant d'aussi épouvantables preuves d'amour ? Et cependant puisque l'homme est limité et imparfait, il ne peut aimer qu'imparfaitement. Or l'amour de Dieu étant infini et parfait, n'est-il pas juste de se demander si, dans une telle conception, l'extrême de l'amour n'engendre pas l'extrême de la cruauté ? Cette sorte de trinité de l'amour, de la souffrance et de la cruauté, qui sont un par une perverse implication en chaîne, cette nécessité, par l'exaltation du martyre, de la Rédemption par la douleur, l'Église, dans son histoire, en a montré la permanence et l'ambiguïté. Ambiguïté parce que, le pouvoir venant, la victime est devenue bourreau. Permanence, parce que cette permutation scandaleuse, loin de dénaturer l'idée initiale, en a affirmé la validité : quel que soit le bourreau, quelle que soit la victime, la souffrance reste la voie de la Rédemption. Et pendant des siècles, la sainte Inquisition, pour sauver les âmes, a trouvé de son devoir de charité de torturer, de brûler, de détruire les corps, afin que le coupable par l'esprit, devenant victime, eût malgré lui-même une chance de salut.

Beaucoup de prêtres, dans mon pays, ont cessé d'exhorter les pauvres et ceux qui n'ont ni droits ni pain ni dignité à subir leur sort avec patience en attendant les compensations de l'au-delà. Mais au contraire ils ont appris d'eux la révolte et ont partagé cette révolte. Savez-vous, mes frères moines, vous qui vivez dans la discipline, l'obéissance, l'humilité, la patience, savez-vous ce que c'est que la révolte ? Savez-vous que ces vertus qui sont votre force et votre paix peuvent paraître là-bas des luxes, parce que la seule voie laissée libre à l'esprit est celle de l'insurrection ? J'étais parmi ces prêtres, et nous avons été arrêtés et torturés par ceux qui prétendaient défendre les valeurs de la chrétienté. Vous étiez informés de ces épreuves lorsque, après mon exil en France, vous m'avez accueilli dans votre monastère. Mais je vous en parle pour la première fois aujourd'hui et vous ne pouvez connaître ma misère intérieure. Je ne vous dirai pas ce que j'ai subi, ni surtout ce que j'ai vu là-bas, seulement que cela, après une période d'inconscience, de relâchement absolu apporté par la délivrance, est revenu hanter mes jours et à présent chacune de mes secondes. Il y a la douleur de la chair, qui se cicatrise, la douleur des nerfs qui, longtemps après, continue à secouer le corps, la douleur morale, qui est la mémoire de plus en plus vive de l'humiliation. Et puis il y a la souffrance de l'esprit. De celle-là, qui me plonge dans des pensées amères, peut-être sacrilèges à vos oreilles, sur les sources de notre mystique, et donc sur la foi, je veux vous parler. J'ai pris en haine la souffrance et l'humiliation, tout ce qui les implique, tout ce qui les justifie, et tout ce qui les sanctifie. Vous pourrez me dire que ces épreuves, je ne les subissais pas pour la foi, mais pour une politique, et que Dieu n'était pas à mes côtés. Et cependant ce qui motivait notre position, à nous religieux, n'était pas uniquement la soif politique d'une justice et d'une décence élémentaires, mais aussi l'esprit évangélique. C'est sans doute ce mélange du religieux et du laïc, d'une exigence spirituelle et d'une revendication matérielle et morale, qui nous privait de la protection de l'hystérie et nous rendait vulnérables. Je ne veux pas dire que toute attitude mystique pure est une manifestation de l'hystérie, mais que, dans l'abomination de la torture, la mobilisation univoque et absolue de l'esprit et du corps par une idée d'autant plus forte qu'elle est du seul domaine de la foi, donc abstraite, détachée de la réalité, peut représenter la plus puissante des défenses, la raison hystérique d'une effrayante capacité de résistance. C'est une réponse inhumaine à une situation inhumaine. Je n'avais pas, moi, cette résistance et, je vous le disais, j'étais vulnérable. J'ai essayé de me tuer et, par une ironie des choses, j'ai été sauvé par ceux-là mêmes qui m'avaient acculé au désespoir. Ma mort ne les arrangeait pas. Depuis que je suis dans votre jardin de paix, j'ai tenté de relier la haine de la souffrance que tout cela avait fait naître en moi à quelque chose de réfléchi, de plus général. Et j'en suis venu à ceci : nous avons sanctifié la douleur et nous en avons fait, par le postulat de la Crucifixion et l'exemple des martyrs, la voie par excellence de la Rédemption. Nous avons inventé et systématisé cette idée qui imprègne les luttes et les débats modernes, quels qu'ils soient : toutes les causes ont besoin de martyrs, et la moisson est d'autant plus riche qu'elle vient d'une terre arrosée avec du sang. Cela, à présent, ma chair et mon esprit le refusent. Il me semble maintenant que tout ce qui touche le divin n'est qu'extrapolation et non différence, l'idéalisation des pensées et des sentiments humains dans le sublime ou dans l'abjection. Ainsi cette adoration de la souffrance, tous ces cris de suppliciés dont nous avons fait la suprême prière et la suprême offrande, ces fleuves de sang qui sont pour nous sources de vie, baptême idéal, tout cela mène à un absolu qui est l'enfer. L'enfer est quelque chose qui veut dire : n'évite pas la douleur passagère ici et maintenant, et tu éviteras l'absolu de la torture et l'absolu du désespoir dans l'absolu de l'éternité. Souffre pour ne pas souffrir. Cette idée effroyable, cette imagination de dément, a inspiré les plus grands prédicateurs, les plus grands poètes, et a terrorisé des légions d'enfants. Il s'est trouvé des hommes pour inventer cette monstruosité, la damnation éternelle, la douleur infinie, le désespoir sans limite, et, sans doute épouvantés par ce cauchemar sorti de leur imagination, ils en ont fait une invention de Dieu. Mes frères moines, ce Dieu-là n'est plus le mien. Cette religion, où trop de sang se mélange à l'amour, je la refuse. J'en refuse l'abject, et il me faut donc aussi en refuser le sublime. Tout cela sent trop le travail humain, l'imagination didactique. Pour moi Dieu est autre, ou Il n'est pas. J'en viens presque à formuler cette banalité de l'agnosticisme : l'homme a fait Dieu à son image et à sa ressemblance. Et comme dans tout homme il y a une cruauté et une perversion relatives, dans ce Dieu-là il y a une cruauté et une perversion absolues. Je voudrais vous faire sentir l'inutilité de la douleur et de l'humiliation, qui sont sources de désespoir, de mon désespoir, à vous qui pratiquez la discipline et l'humilité, où vous mettez votre espérance. Depuis un certain temps je cherchais à vous dire tout cela. Et je vous l'ai dit aujourd'hui afin que, venant à partager votre toit et votre pain sans partager votre prière, je ne sois pas à vos côtés comme un menteur. Amen. »

Joachim regagna sa place, la tête baissée, comme revenu à un accablement intérieur interrompu par cette communication blasphématoire qu'il avait tenu à faire par honnêteté ou par scrupule et qui n'était que la mise en forme rhétorique de l'interminable monologue qu'il poursuivait depuis des mois. Cet effort de dire, de s'expliquer, de renouer avec le monde, n'avait en fait rétabli aucun contact et le laissait à présent, au contraire, dans une solitude accrue. Il savait que la réaction de son auditoire, qu'elle fût d'indignation, d'effroi ou de compassion, n'aurait sur lui aucun effet, et que cette preuve qu'il n'attendait plus rien des autres, tout en leur devant la vérité, était le signe évident de sa propre destruction. Le silence régnait dans l'église. Un moine âgé pleurait sans bruit, et les larmes coulaient sur son visage usé, suivant les méandres des rides innombrables. On ne savait s'il pleurait sur le désespoir de Joachim ou à cause de l'abîme que les paroles de celui-ci avaient ouvert devant ses pas, alors qu'il était presque au bout d'un chemin tout droit et sans piège. Le père abbé se leva et dit : « Prions pour notre frère et, par le credo, affirmons notre foi. » Le rite, donc, reprit son cours après ces paroles singulières qui avaient cassé la règle de son jeu et venaient encore perturber l'inertie du formulaire, réveiller un sens admis une fois pour toutes, l'expression académique et assoupie d'une foi tranquille, en lui donnant par contrecoup une valeur retrouvée. Chaque prière, chaque invocation, chaque acclamation, chaque phrase prononcée semblaient faites de mots qui échappaient à la langue liturgique pour retourner à la langue naturelle et reprendre dans son lexique leur poids originel. Jusqu'aux vers de mirliton des cantiques qui soudain dévoilaient la misère de leur poétique ampoulée, la grossièreté et l'ineptie de leurs figures, parfois leur absolue vacuité, donnant à ceux qui les chantaient un vague sentiment de malaise, comme s'ils soupçonnaient tout à coup, précisément à cause de ce retour brusque et cru de la signification, que ce pauvre lyrisme était une insulte à la profondeur et à la complexité de leur foi. Le vieux moine chantait et récitait, par habitude disciplinaire, bien qu'il continuât à pleurer, et c'était à voir quelque chose de saugrenu et de déchirant. Joachim avait le regard fixe. Il restait debout, immobile, ne disant rien, ne participant à rien. Cette sorte de confession publique lui interdisait à présent de mimer des lèvres et du corps les mots et les gestes que son débat intérieur, la désagrégation de sa foi en l'homme et en Dieu avaient vidés de leur sens depuis longtemps déjà, alors qu'auparavant il le faisait par devoir vis-à-vis de la communauté qui l'avait accueilli, et peut-être aussi pour reculer jour après jour le moment où il aurait à s'expliquer sur cette manifestation extérieure du doute et du désespoir qui lui rongeaient l'âme.

Après l'office, les moines sortirent par une porte latérale du transept, qui donnait à l'intérieur de la clôture monastique. Les retraitants quittèrent l'extrémité de la nef et gagnèrent le porche, qui s'ouvrait sur les dépendances de l'abbaye : hôtellerie des retraitants, ferme, fabrique et parc. L'ensemble était ceint de haut murs, au-delà desquels s'étendaient les vergers, les bois et les champs du monastère. Le bruit des portes qui se fermaient, des bancs de bois qui continuaient à craquer après le départ de leurs occupants, le pas décroissant d'un convers venu éteindre les grands cierges, la vague résonance des voûtes où semblait encore circuler l'écho des prières et des chants, toute cette rumeur des choses qui se changeait peu à peu en silence concourait à accroître la solitude de Joachim, demeuré là, en un lieu déserté par l'esprit, où il ne trouvait plus que la paisible amertume, l'oppression suave de la foi perdue. Cette soudaine nostalgie était comme une halte à la limite d'un monde de certitudes dont il percevait encore les formes, les bruits et les odeurs, mais non plus le sens ruiné par la douleur, et plus encore par le souvenir de la douleur. Il tâchait de prolonger cette halte, de s'imprégner de l'atmosphère de cette église-frontière, qu'il ne quitterait que pour sauter dans le vide. Enfin il marcha à pas lents vers le porche, et sortit dans la lumière douce de ce midi d'octobre. Il croisa les retraitants qui revenaient d'une promenade dans le parc et se dirigeaient vers le réfectoire de l'hôtellerie. Il y avait quelques civils, mais la plupart étaient des prêtres séculiers. Les conversations s'arrêtèrent. Presque tous détournèrent les yeux d'un air de gêne. Deux ou trois le dévisagèrent avec une franche hostilité, presque de la haine. Seul un jeune abbé, qui s'efforçait de cacher son trouble sous un sourire de sympathie, le salua et l'invita à se joindre à eux pour déjeuner. Il faisait visiblement son devoir de charité chrétienne. Un prêtre plus âgé, le sang au visage, le saisit par le bras avec violence et l'entraîna. Joachim les regarda passer la porte du réfectoire. Il ne les suivit pas, mais gagna sa chambre, au troisième étage de l'hôtellerie. Il avait à l'abbaye un statut particulier. En tant qu'hôte permanent et religieux, il partageait la vie des moines et les côtoyait dans tous les lieux de prière et de travail extérieurs à la clôture monastique. Mais n'étant pas moine, il ne franchissait pas cette clôture, n'était pas astreint à suivre tous les offices, ni à la règle alimentaire. Il logeait à l'hôtellerie des retraitants, et prenait les repas en compagnie de ces derniers, dont la durée du séjour n'excédait jamais une semaine. Ni moine, ni retraitant, ne vivant pas véritablement l'existence des premiers et ayant avec les seconds des rapports trop fugitifs pour qu'il pût se créer parmi eux des relations, sans contact avec l'extérieur, séparé par un océan de son pays, il se trouvait donc là dans une solitude relative, qui était devenue au fil du temps, dans les déchirements du souvenir et la révolte de l'esprit, une solitude morale absolue.

Joachim entra dans la chambre. Les murs étaient blancs, recouverts simplement d'un enduit. L'ameublement consistait en un lit de fer, une petite table qui tenait lieu de bureau, deux chaises, et une table de nuit. Sur la cheminée, inutile depuis qu'on avait installé le chauffage central, il y avait des livres, parmi lesquels *la Divine Comédie,*

Paradis perdu, et *A portrait of the artist as a young man* contenant ce sermon sur l'enfer qui avait terrifié Joyce, et dont la relation avait frappé l'imagination de Joachim. Outre les ouvrages pieux ordinaires comme la *Bible de Jérusalem* et le missel, on trouvait les *Confessions* d'Augustin et quelques tomes de la *Summa theologica* pris dans l'édition Vivès des *S. Thomae Aquinatis Opera Omnia,* dont la bibliothèque du monastère possédait les trente-quatre volumes. La table était surchargée de papier blanc et de feuilles noircies d'une écriture large et nerveuse. Il y avait dans un verre une poignée de stylos à bille bon marché. Joachim traversa la pièce et s'arrêta devant la haute fenêtre, orientée plein sud. A travers un mince rideau d'arbres, extrémité occidentale du parc venant envelopper comme un bras de verdure l'hôtellerie des retraitants et laissant apparaître entre les troncs le mur d'enceinte, il voyait les vergers du monastère descendre en pente douce jusqu'à un canal désaffecté dont les eaux mortes marquaient d'un trait sombre le pied des collines. De l'autre côté du canal, d'immenses pâturages, divisés par de longues haies d'arbres ajourées de barrières, ponctués de boqueteaux jetant sur les mares leur ombre qui jouait avec les reflets de la lumière, étalaient leur platitude jusqu'à un relèvement du terrain marquant la ligne de l'horizon méridional. Cette crête, point d'effondrement d'une nouvelle série de collines interrompues dans leur élan par la chute verticale d'une falaise, dominait l'océan et se détachait, selon les sinuosités de ses contours, sur le bleu du ciel ou les scintillements blanc argenté de la mer portée à l'incandescence par le soleil de midi. Toute cette étendue, entourée et traversée de chemins vicinaux dont les bandes ocre, complétant le dessin des haies, la découpaient en sections géométriques, était la propriété de l'abbaye. Joachim avait contemplé si souvent ce paysage encadré par les dormants et l'appui de la fenêtre qu'il en était venu à le considérer comme un tableau bizarre, immuable dans sa structure, ses lignes générales, mais constamment animé dans ses détails et son éclairage variant au gré des heures, de l'état du ciel, et des saisons. Cela lui rappelait ces images d'enfance dans lesquelles des artistes appliqués montraient avec une extrême précision les métamorphoses d'une campagne, du printemps à l'hiver, et qui l'avaient fasciné par ce jeu, exotique aux yeux d'un garçon élevé dans la monotonie d'un climat tropical, de l'identité et de la différence. Il quitta la fenêtre et s'allongea sur le lit. Il ferma les yeux. Des bruits lui parvenaient, furtifs, amoindris par la distance : ronronnement ténu d'une lecture pieuse venant de la salle à manger ; tintements métalliques des tuyauteries d'eau chaude se dilatant ou se rétractant ; battement irrégulier d'un carreau mal fixé jouant dans sa feuillure ; sifflements légers du vent dans la cheminée ; coup de feu d'un chasseur dans les bois proches ; chants d'oiseaux perchés dans les ramures du parc... Il n'éprouvait plus la mélancolie qui l'avait envahi dans l'église, alors que cette voix des choses restait intelligible pour sa mémoire et sa sensibilité au milieu du refus de sa raison. Ces bruits semblaient familiers à son oreille et, à son esprit coupé du monde réel par l'angoisse et l'effroi, dénués de sens, comme si toute une mécanique extérieure continuait à fonctionner de manière banale et absurde. Il se leva brusquement, s'assit à son bureau et se mit à déranger la pile de papiers contenant ses notes. Il parcourait les pages, parfois s'arrêtait sur certaines, faisant à rebours, de manière hâtive et désordonnée, le chemin qui l'avait amené à la rédaction de sa confession publique ou plutôt de son acte d'incrédulité. Il relut ces lignes : « Il y a dans l'attitude d'un bon nombre d'intellectuels et d'artistes européens une surprenante ambiguïté vis-à-vis de la violence et de la douleur, qu'on n'attendrait pas d'esprits qui se réclament presque toujours du progressisme. D'une part les œuvres de dénonciation de la violence collective, politique ou sociale, obéissent à une telle loi de ce qu'on pourrait appeler surenchère rhétorique ou de l'imaginaire, en somme de la fiction, qu'un public non prévenu de la qualité ou des intentions de l'auteur peut à bon droit se demander s'il s'agit d'une production militante ou commerciale. De telle sorte que bien souvent ce qui prétend utiliser le scandale des mots ou des images pour dénoncer le scandale des faits, " déranger " les esprits selon une expression devenue la banalité même, a une curieuse relation de parenté et une certaine identité d'allure avec ce qui fait de la violence et de la cruauté un étalage purement lucratif. Il faut noter que ce dernier commerce se donne le cautionnement d'une espèce de finalité morale destinée à l'inverse à tranquilliser l'esprit du public. Car l'abjection pure n'est pas consommable par le grand nombre. Mais entre l'intention morale et la caution morale, entre la volonté de " déranger " et la nécessité de déculpabiliser, entre le militant et le commerçant, il y a bien souvent le même produit, qui est la pâture du voyeur. Voyeur " concerné " ou voyeur furtif, voyeur toujours jouissant. D'autre part, dans les œuvres d'un certain nombre de ces intellectuels et de ces artistes, il n'y a pas de lien apparent entre les façons de traiter la violence sociale et la violence personnelle, l'abus de pouvoir politique et la volonté de puissance individuelle, l'humiliation, la douleur d'une classe et la souffrance d'un être. Comme s'il n'y avait aucun rapport entre un et plusieurs. Désir de justice dans le collectif, désir tout court dans le particulier. Le censeur public cherche en lui-même un bourreau ou une victime qui pourraient ne pas lui déplaire, je veux dire lui procurer du plaisir. La torture peut être un crime social, et une jouissance privée. Les esthètes goûtant ce mélange particulier du sexe et du sang pullulent, et ce sont bien souvent ceux-là mêmes qui condamnent les nouvelles " académies " de torture. Cette vérité à double visage me trouble. Je sais que la recherche créatrice a le droit, et peut-être le devoir, de révéler les démons cachés derrière le paravent du contrat social. Mais je ne puis m'empêcher de me demander si ce droit privé du fantasme exprimé publiquement au nom de la liberté de dire et de jouir ne peut avoir quelque jour une application collective sauvage échappant à la prudence de ses inventeurs. Comment naissent les bourreaux ? Qui sont-ils ? Et leur insanité ne réside-t-elle que dans ce passage de l'imaginaire à l'action ? Où commence la folie de la torture ? Il y a là une confusion, un flou de l'idéologie entre la liberté individuelle et l'impératif social, entre le rêve et l'acte, assez bien illustrés par ce que me disait, pendant mon séjour à Paris précédant ma venue au monastère, une relation, intellectuel en renom qui avait refusé de préfacer une œuvre depuis devenue célèbre : " L'auteur étant de gauche, et chéri par la gauche, personne ne s'est avisé de ce fait évident qu'il s'agissait d'une littérature fasciste. " Je me demande aussi si cette confusion n'est pas le propre d'une civilisation d'abondance qui peu à peu meurt de satiété et d'ennui. Quoi qu'il en soit, ces ambiguïtés dans la protestation et le voyeurisme, la honte et la jouissance, l'effroi et la fascination, se relient de plus en plus dans mon esprit à l'amalgame, fondamental dans notre religion, de l'amour et de la douleur, de l'extase et de l'horreur, à la gémellité de la victime et du bourreau volontaires et nécessaires, sur quoi se construit le système de la Rédemption. »

La none sonna. Cet appel à l'office de 14 h 30 interrompit sa lecture. Il se leva, ouvrit le volet de fer de la cheminée, prit sur la table ses notes et les jeta dans le foyer. Puis il y mit le feu et les regarda brûler avec indifférence, comme si ce geste par lequel il se détachait du débat, de la spéculation, du refus raisonné, liens d'esprit avec le monde tissés encore d'une sorte d'espérance, ne provoquait en lui aucune émotion. Il revint à la table, prit une page blanche et un stylo, et écrivit :

« A mes frères moines et à leur père.

Si je vous ai scandalisés ce matin je vous prie de me pardonner. Maintenant que je sais où j'en suis, et qu'après avoir perdu ma foi en l'homme dans l'abaissement hideux de la torture et de l'humiliation, et plus encore dans l'insupportable permanence de son souvenir, j'ai perdu ma foi en votre Dieu, qui était le mien, et me trouve à présent absolument démuni, je ne suis plus certain de la nécessité de cette déclaration publique. Ai-je obéi à une sorte de réflexe apostolique perverti, puisqu'il ne s'agissait plus de dire la Vérité, pour moi à présent étrangère ou morte, mais simplement ma vérité ? Ou à un désir d'honnêteté et de clarté me poussant à vous faire connaître qui partageait votre vie dans un silence pouvant devenir mensonge ? Voulais-je me mettre en position de recevoir votre aide ou d'affronter votre jugement ? Ces arguments, puissants à mes yeux jusqu'à ce matin, sont à présent combattus par un sentiment d'inutilité, venu du fait qu'il m'apparaît clairement que toute communauté d'existence entre nous est impossible. Cela écarte l'éventualité du mensonge, de l'aide ou du jugement, puisqu'il n'y a pas de futur. Et dans ce cas pourquoi prendre le risque du scandale ? Il reste peut-être que la foi, pour valoir, a besoin du scandale. Je souhaite que cela soit, pour vous et pour moi. Et si mon acte finalement vous a semblé gratuit, encore une fois, mes frères moines, mon père, pardonnez-moi. »

Il relut pensivement ce mot, le froissa et le jeta sur les cendres rouges du foyer. Il retourna à la fenêtre. L'infini de ce paysage qu'il avait si souvent observé comme une fiction à deux dimensions où l'imagination s'évade, mais qui révèle son artifice dès qu'on la touche de la main, l'attirait. Il sentait le besoin impérieux de s'y fondre, de s'y perdre. Il quitta sa chambre, puis l'hôtellerie, et marcha vers le porche monumental qui séparait les bâtiments réservés aux visiteurs de la ferme et des fabriques dont le monastère tirait ses bénéfices. Il vit quelques personnes sortir de l'église et se diriger soit vers le parc, soit comme lui vers le porche. Il se hâta et passa les gigantesques vantaux de l'entrée, faits de chêne bardé de métal, dans lesquels était ménagée une porte de dimensions normales, qui restait ouverte tout le jour. A l'extérieur des murs, une courte allée débouchait sur une croisée de chemins. L'un, dans le prolongement de l'allée, traversant le bois des Moines, menait au village. L'autre, longeant l'enceinte, conduisait à gauche vers la seconde entrée importante qui y était ménagée, celle de la ferme, puis vers le canal, et à droite vers la voie départementale, reliant ainsi le monastère au réseau routier. Ce chemin, dit chemin de la Vierge au nord du croisement et chemin de l'Ecluse au sud, séparait dans les deux directions le bois des

Moines des vergers de l'abbaye. Joachim prit
le chemin de la Vierge et dépassa bientôt
l'angle après lequel le mur d'enceinte s'enfonçait dans les vergers. Il était seul. Il ralen-
tit le pas. A l'ouest, le bois, qu'octobre déco-
rait de toutes les nuances des ors, des rouges
et des bruns de l'automne, à quoi s'ajou-
taient le vert sombre qui manifestait dans les
feuillus les derniers sursauts de l'été et le vert
bleuté des conifères, dressait sa pénombre
humide, mélange compliqué d'affronte-
ments et d'harmonies entre l'obscurité de ses
zones denses et la lumière inondant ses
trouées. A l'est, les vergers étendaient leurs
alignements policés d'arbres, d'arbrisseaux
et de plantes basses dont les divers niveaux
s'agençaient de telle sorte qu'aucune espèce
ne vînt en priver une autre de la plus petite
part de soleil dans les trois directions de sa
course. On en percevait la limite orientale, et
ils s'étalaient vers le sud où ils disparais-
saient, après avoir amorcé une pente douce,
derrière les bâtiments du monastère. La
splendeur de ces deux jardins, où se dé-
ployaient l'harmonie spontanée des inven-

tions naturelles et les compositions savantes de la culture, avait sur Joachim marchant à leur lisière un effet intermittent de diversion. S'oubliant lui-même, il tirait des couleurs, des sons et des parfums, de l'espace, un plaisir dont il avait presque perdu le souvenir. Revenant à lui, il se trouvait plongé dans une angoisse accrue qui transformait cette fête des sens donnée au profit d'une âme morte en une absurde provocation, ces paysages de cocagne en un désert d'indifférence.

Il entendit prononcer son nom et se retourna. Le père abbé le rejoignit à grandes enjambées. Il était très haut de taille et maigre, avec un visage marqué par les veilles, un nez droit et effilé, des yeux clairs, inquisiteurs et ironiques. Un homme d'esprit dans une enveloppe d'ascète. Il y avait jusque dans son attitude physique, habitué qu'il était à considérer les autres de sa hauteur, manifestation extérieure d'une supériorité intellectuelle, morale et hiérarchique, quelque chose du père, du conseiller et du juge. Il parlait peu, mais très clair et avait cette qualité, rare chez les personnes investies d'une quelconque autorité, de savoir écouter à la perfection. Les moines le vénéraient par instinct ou par raison, et l'aimaient par devoir. Cette affection était mêlée de crainte, sans qu'on pût donner à celle-ci une cause précise, ni rapporter la moindre anecdote la justifiant. Il passait pour une sorte de Rancé tempéré par François d'Assise. Il s'était intéressé à Joachim dès son arrivée au monastère, moins par esprit de sollicitude et de responsabilité, qu'il montrait vis-à-vis de tous ceux qui habitaient « sa » maison, que parce qu'il sentait chez ce jeune homme quelque chose de dévastateur, une inéluctable autodestruction et une résistance féroce qui échappaient, pour une fois, à son expérience.

« Je ne veux pas interrompre votre promenade, Joachim. Marchons, voulez-vous ? »

Pendant un certain temps, ils allèrent côte à côte en silence. Ils arrivèrent à un embranchement. Le chemin de la Vierge, continuant à longer l'orée du bois, infléchissait son parcours vers le nord-ouest et débouchait, quelques centaines de mètres plus loin, sur la route départementale. Faisant un angle aigu avec lui et partant droit vers l'est, le chemin de l'Étang marquait la limite septentrionale des vergers et des possessions du monastère dans cette direction. Ils s'y engagèrent et, quittant le voisinage des grands arbres qui dessinaient sur leur route une succession d'ombres et de clartés, débouchèrent en plein soleil. La note douce et fixe du vent d'ouest était ponctuée par quelques coups de fusil lointains et le pas lent des deux hommes, étouffé ou sonore selon qu'ils marchaient sur la terre battue ou les empierrements qui affermissaient la route à proximité des ruisseaux et des sources.

« Je suppose que vous désirez me parler de ce qui s'est passé ce matin à l'église, dit enfin Joachim. Cela vous a surpris ? Vous devez considérer mon attitude comme un abus de confiance ? Je voulais vous demander de me pardonner, mais à quoi bon ?

— Vous vous trompez. Je m'attendais à cela. Je me suis toujours personnellement heurté à votre mutisme, mais j'en savais assez sur vous, dès le début de votre séjour ici, pour deviner dans les grandes lignes ce qui se passait, ou ce qui se passerait dans votre esprit. Assez en tout cas pour penser que vous étiez en train de mourir de silence et de solitude, au moins autant que du désespoir venu des souvenirs ou de l'effritement de vos valeurs. En vous confiant ce commentaire, j'ai voulu vous donner la possibilité de parler, enfin. Ce n'est pas vous qui avez pris le risque du scandale. C'est moi.

— Le berger qui joue le salut de son troupeau pour retrouver la brebis égarée...

— Si vous voulez.

— De toutes façons je n'ai pas envie de parler. Je l'ai fait ce matin. Je n'en suis plus là.

— Où en êtes-vous alors ? A l'indifférence ?

— Peut-être.

— Je ne vous propose pas de certitudes, Joachim. Je devrais dire opposer au lieu de proposer. Je n'ai que des paroles.

— Que voulez-vous dire ? Est-ce que cela signifie que vous ne voulez pas m'asséner vos certitudes, ou bien que vous n'avez pas, vous, de certitudes ? Les paroles que vous me proposez ne sont-elles relatives qu'à mes oreilles, ou le sont-elles déjà dans votre bouche ? »

Le père abbé resta un moment silencieux, regardant droit devant lui d'un air songeur, comme s'il hésitait non sur le contenu même de la réponse, mais sur l'opportunité de la donner. Le chemin de l'Étang s'incurvait au sud et, descendant en pente douce vers la pièce d'eau située en contrebas du monastère, longeait à présent la bordure orientale des vergers dont on apercevait les limites dans toutes les directions.

« J'ai peu de certitudes, dit le père abbé. Et elles ne sont pas telles qu'elles ne souffrent pas discussion.

— Pourquoi avez-vous hésité à me dire cela ?

— Parce que ce n'est pas facile à dire. Et surtout parce que je ne sais si cela peut vous sauver, tout en ayant conscience que cela peut achever de vous perdre.

— Vous ne croyez pas aux dogmes ?

— Il n'y a pas de dogmes pour l'homme intelligent, Joachim. Ni en religion, ni en politique. Mais cette absence de postulats n'implique pas nécessairement le désespoir.

— Qu'y a-t-il, alors ?

— Une conviction intérieure, réfléchie. Et une morale. Tout cela est susceptible d'être défait, vous le savez mieux que personne. C'est un genre de foi à haut risque, qui ne s'abrite pas derrière le rempart indestructible, parce qu'indiscutable, de la Révélation.

— Vous ne croyez pas à la Révélation ?

— Non.

— Vous ne croyez pas, alors, à la nécessité de la souffrance dans la Rédemption ?

— Non.

— Croyez-vous à la nécessité de la Rédemption ?

— Non. Parce que je ne crois pas à la culpabilité originelle. Comment croire à la culpabilité des acides aminés et des protéides, d'où procèdent la vie et l'intelligence ? On pourrait dire évidemment que la faute naît avec l'intelligence, que la pensée est nécessairement coupable. Cela est assez bien montré dans la Genèse, où on voit Dieu créer l'esprit dans l'homme, sans lui donner aucune possibilité de s'en servir : il n'a pas de manque, pas de désir, donc pas d'invention, bonne ou mauvaise, donc pas de morale. Autant interdire à ce qu'on a soi-même créé d'exister. Il y a quelque chose de perverti dans cet enchaînement. Pour moi l'invention de la faute originelle est effectivement une perversion de l'intelligence se retournant contre elle-même, niant le principe de son propre fonctionnement, donc le bien-fondé de son existence. Refusant le postulat de la faute, je refuse aussi, logiquement, sa conséquence qui est la Rédemption, et reconnais comme vous la gratuité de cette souffrance. Tout cela est assez banal, et vous vous l'êtes sans doute dit bien des fois.

— Je ne pense pas que la souffrance, gratuite ou non, soit banale. D'autre part ce n'est pas si banal venant d'un prêtre de la religion catholique.

— Pourquoi ? Ne devons-nous pas nous poser plus que tout autre ces questions ? Ne vous les êtes-vous pas posées vous-même ?

— Il me semble que la réponse n'est pas sans conséquence. Vous venez de me dire en d'autres termes que vous ne croyez pas à la divinité du Christ.

— Non. Je ne crois pas que Dieu puisse avoir des intentions perverses ou faire des erreurs de logique.

— Que croyez-vous, alors ?

— Je crois à Dieu, c'est-à-dire à la permanence, à la perfection et à l'universalité de l'Esprit. Et je crois à la morale du Christ, qui est une morale d'amour.

— Cela justifie-t-il que vous soyez religieux, ou que vous le restiez ?

— Je suis religieux et contemplatif parce que mystique, et qu'on ne peut être mystique sans s'engager totalement.

— Dans l'Église ?

— Dans l'Église, parce qu'elle est porteuse, tant bien que mal, de la morale du Christ, et parce qu'elle est le lieu, dans cette région du monde, de l'expression collective du mysticisme. Mais elle n'est qu'un lieu et qu'un support. Elle n'a rien d'absolu. Pourquoi voudriez-vous qu'elle soit meilleure, plus sûre que nous-mêmes, qui la constituons ? Pourquoi voudriez-vous que nos doutes, nos erreurs, les égarements de nos imaginaires, ce qui nous est soufflé par l'angoisse, nos concessions à l'évolution des mentalités, deviennent, mis ensemble, des vérités ?

— Avez-vous dit ces choses à beaucoup de gens ?

— A personne avant vous.

— Votre rôle, votre justification, c'est de dire la vérité de l'Église. Ce faisant, vous ne dites pas la vérité, la seule qui vaille, la vôtre. Avez-vous l'impression de vivre dans le mensonge ? N'éprouvez-vous pas le besoin parfois de faire ce que j'ai fait ce matin ?

— A mon tour, je ne voudrais pas vous scandaliser. Je sais que les sceptiques se choquent assez aisément de la liberté de pensée chez les religieux. C'est une réaction paradoxale d'intégrisme radical et bourgeois, un confort intellectuel exigeant que l'adversaire soit, dans sa simplicité orthodoxe, le plus proche possible de la caricature, comme une figure de jeu de massacre facile à identifier et à abattre. Je sais que vous n'êtes pas comme cela. Vous êtes trop intelligent, et votre rupture est trop récente. Les moines qui m'entourent croient en Dieu. Moi aussi. Peut-être leur Dieu anthropomorphe est-il plus folklorique que le mien ? Qu'importe. Ils croient au message, à la morale du Christ. Moi aussi. Ils croient que la réponse de la religion chrétienne à la question de l'existence et de la foi est dans tous ses termes l'expression d'une réalité aussi présente que celle de ce paysage, de ce morceau d'univers que nous parcourons. Je pense que c'est une métaphore. Que dois-je leur dire, à eux qui vivent dans la simplicité de l'espoir brut, de ce qu'il y a de beau dans l'ignorance, c'est-à-dire la foi pure ? Qu'ils jouent leur existence sur une parabole ? Mais ce que j'appelle parabole recouvre pour eux, qui l'appellent Révélation et dogme, et pour moi, la même ultime vérité. Pourquoi prendre le risque de les détruire, alors que la différence entre leur salut et le mien n'est qu'une question de terminologie ? Dans le domaine de la foi, Joachim, on ne ment qu'à soi-même.

— Vous avez prononcé le mot salut ?

— Oui. L'Esprit ne naît pas, ne meurt pas. Il est avant, pendant et après. Je suis un atome de Dieu, comme eux, comme vous. La matière n'est qu'une manifestation. Qu'elle se dévore elle-même, qu'elle ne survive que de sa propre destruction, qu'elle souffre, tout cela est sans doute scandaleux, mais secondaire. La pensée elle-même, donc la perversion et la douleur morales, n'est qu'un fonctionnement sophistiqué de la matière, mais qui permet à celle-ci de concevoir grossièrement, d'induire l'existence sinon la nature de Dieu. Curieusement, en Occident, les matérialismes et la lettre des religions ont une étroite parenté, en ceci qu'ils privilégient les qualités de la matière, plus morales que scientifiques : forme, identité, individualité. Pour les uns, la mort, c'est-à-dire la perte de ces qualités, c'est le néant. Pour les autres, la mort est illusoire, puisqu'elle n'est que la disparition temporaire d'une seule qualité, la moindre : la forme, et que l'âme assure la

permanence de l'identité et de l'individualité
de la matière par la conservation de ses
caractéristiques morales et intellectuelles. En
attendant la résurrection absolue qui est la
réapparition de la forme, la qualité perdue.
Jusqu'à l'enfer et au paradis qui ne sont que
des décors adaptés à la matière, et destinés à
en éterniser les valeurs. Mais que m'importe
mon individualité, sa mort ou sa survie. Dieu
est et j'en suis. Le reste n'est que contes
moraux illustrés par la peur. »

Ils étaient parvenus à l'étang, dont ils lon-
geaient la rive orientale. Au nord, les vergers
s'arrêtaient à quelques mètres des eaux, et
sur la plage d'herbe en pente douce, bien
entretenue, une barque à fond plat était tirée
au sec. A l'ouest, une forêt de joncs, donnant
l'illusion d'une avancée de la terre ferme,
couvrait une partie de l'étang que cette lèpre
faisait apparaître plus petit qu'il n'était. Au
sud, sur la berge abrupte comme un talus,
une rangée de saules dessinait en raccourci
ses contours d'ombre sur la lumineuse platitude de l'eau. La route de terre suivie par les
deux hommes débouchait sur l'ancien che-

min de halage, qui ne servait plus qu'aux promeneurs et au passage du bétail. Ils s'y engagèrent à droite, où il formait une trouée excentrée dans la verdure basse d'une digue de terre prise entre les eaux de l'étang et du canal. Ils parcoururent en silence quelques centaines de mètres. Ils arrivèrent à l'écluse et au pont qui reliait les propriétés des moines entourant l'abbaye à celles qui s'étendaient au-delà du canal jusqu'à la falaise et au rivage de l'Atlantique. L'écluse fonctionnait encore au seul usage des plaisanciers venant peupler les côtes proches, à la belle saison, et qui, partant du port où il aboutissait, remontaient le canal à la rame, à la pagaie ou au moteur. La maison de l'éclusier était habitée. Un jardin la séparait du chemin de halage et des quais de pierres entourant le sas et l'amorce des biefs. Des massifs de fleurs y cernaient un potager et un coin herbeux pouvant passer pour une pelouse. Les deux hommes prirent vers le nord le chemin de l'Écluse qui, perpendiculaire au chemin de halage, reliait le pont à l'entrée du monastère, en montant régulièrement. Comme au début de la promenade, les bois s'étendaient à gauche, et les cultures à droite. A mesure qu'ils gravissaient la côte, ils avaient une vue de plus en plus large de la partie méridionale des vergers et de l'étang qui miroitait derrière le court rideau des joncs.

« Pourquoi m'avez-vous dit tout cela, à moi ? demanda Joachim.

— J'ai simplement essayé de vous suggérer que le vide et le désespoir, aboutissement de votre crise, ne sont peut-être pas les bonnes conclusions, en tout cas pas les seules. Je ne peux pas opérer votre mémoire et faire cesser votre souffrance. Mais je voudrais tenter de vous convaincre que l'abjection absolue ne tue pas l'homme, ni Dieu, par une sorte de contamination anthropocentrique. Et surtout, je voulais vous assurer que vous n'étiez, que vous n'êtes pas seul.

— Êtes-vous arrivé à ces pensées en suivant le fil de la douleur ? Croyez-vous faire taire les cris qu'il y a dans ma tête avec vos abstractions ? Vous m'avez beaucoup parlé de Dieu et de l'éternité, et peu de morale. Les " contes moraux ", comme vous dites, sont peut-être secondaires à vos yeux, mais pas aux miens, parce que ce n'est pas la mystique qui interdit la souffrance, mais la morale. Moi, la douleur de la matière me révolte. Et le temps est l'ennemi, parce qu'il ne fait qu'aggraver cette conscience de la douleur qui est partout. L'éternité ne m'intéresse plus et même elle me fait horreur. On ne peut la concevoir que comme le déroulement infini du temps dans toutes les directions. Et ce temps infini me semble à présent la plus monstrueuse trouvaille de l'esprit humain qui a inventé par là l'extension infinie de lui-même et de sa pourriture. Ou alors l'éternité n'est pas le temps, et ce qui n'est pas le temps est le néant. C'est peut-être mon salut, à moi. Il me semble que le néant n'offre aucune prise au doute, à la critique, à la suspicion, aux angoisses inventives de l'imagination. Il ne contient pas de mémoire, pas de douleur. On peut dire même qu'il est la seule idée de justice absolue. Pourquoi donc en a-t-on si peur ? C'est peut-être mon salut... »

Ils étaient revenus à leur point de départ, devant le portail du monastère. Ils s'arrêtèrent et se firent face un instant sans rien dire. Quelques retraitants qui passaient leur jetaient des regards furtifs.

« Vous n'êtes pas seul, Joachim, dit le père abbé. Vous n'êtes pas perdu.

— Je ne sais pas. J'ai écouté ce que vous m'avez dit. J'ai besoin d'y réfléchir. Je vais continuer à marcher.

— Je voudrais vous voir ce soir. Nous pourrons poursuivre cette conversation. Toute la nuit, si vous le voulez. Et demain, et tous les jours et toutes les nuits, si vous le voulez. Promettez-moi d'être là ce soir. C'est tout ce que je vous demande. »

Joachim s'éloigna de quelques pas et se retourna.

« Est-ce que vous êtes en train de vous damner pour essayer de me sauver ?

— C'est une curieuse question, dit le père abbé avec un mince sourire. Je l'éluderai en vous répondant que si cela pouvait vous sauver, en me damnant, je me sauve. »

Joachim prit le chemin des Moines qui

s'enfonçait dans les bois, vers l'ouest. Il se demandait si les paroles du père abbé avaient été motivées par la sincérité et l'amour, ou par une sorte de machiavélisme généreux. Peut-être encore n'était-il qu'un manipulateur poussé par l'habitude du pouvoir sur les esprits, un faiseur d'ordre un peu plus subtil que les autres. Il avait dit vouloir le sauver. Un autre homme, en d'autres temps, avait voulu sauver Joachim, et s'était révélé son pire ennemi. Après une éternité de souffrance pendant laquelle, pendu par les pieds à cet instrument qu'ils appelaient le perchoir du perroquet, il avait subi les tortures, les humiliations physiques et morales les plus variées, et hurlé sans fin jusqu'à ce que sa voix se fût brisée en un croassement dérisoire, on l'avait traîné jusqu'au bureau d'un officier supérieur. Joachim se souvenait de lui avec une parfaite exactitude : jeune, intelligent, poli, presque courtois, avec un rien de nonchalance, séduisant, compréhensif, éloquent, il semblait représenter une parcelle d'humanité au milieu de la sauvagerie, quelque chose enfin à quoi se raccrocher pour interrompre cette chute sans fin dans la nuit. Il était là pour ça, et s'était attribué le rôle le plus difficile, la partie psychologique d'une stratégie de la persuasion dont il était lui-même l'auteur. Mais cela, Joachim ne le savait pas encore. Il se rappelait également ses paroles avec précision :

« Je suis ici pour vous aider. Pourquoi vous battre contre vous-même ? Vous êtes un homme de connaissance et un prêtre. Notre société, à la fois médiévale et contaminée par le modernisme, vous offre une place de choix, parce qu'elle se nourrit du savoir, par nécessité économique, et de la religion, qui est le ciment de l'ordre. Je vous le répète : pourquoi vous battre contre vous-même ? Je veux vous sauver. Ne savez-vous pas que je suis plus proche de vous que de ces brutes, marionnettes tarées et dépravées à qui je donne une illusion de pouvoir ? Nous sommes de la même classe. Nous avons tous deux les moyens d'une conscience claire des choses. Mais c'est là que nous différons. Je crois à l'inégalité qui est l'ordre, au pouvoir d'une élite servie par la multitude, et à qui sont dues la douceur de vivre et la responsabilité des affaires. Je me bats bien parce que je me bats pour mes intérêts, qui sont ceux-là. Je comprends également que les ouvriers et les paysans, parvenus à un certain niveau de conscience, se battent. Eux aussi se battent bien, parce que comme moi ils se battent pour eux-mêmes. Eux et moi dans nos camps respectifs avons le dos au mur, là où vous n'avez qu'un choix idéologique. Ce n'est pas suffisant. La conviction n'est totale que parce qu'elle provient d'une absence de choix. Le choix relativise, et oriente toujours vers les scrupules et les problèmes de conscience, qui rendent la lutte inefficace. Vous êtes constamment en porte à faux. Ne trouvez-vous pas qu'il y a une disproportion entre la relativité de ce que vous défendez et l'absolu de la douleur que vous endurez à cause de cela ? Personnellement, je ne pense pas qu'il y ait une seule conviction morale qui vaille un cri de souffrance. Que ferais-je dans votre situation ? Je me demanderais où est mon intérêt. Et il ne serait certainement pas de continuer à défendre mes privilèges, alors même que je suis vaincu. Mon intérêt serait tout simplement de ne pas souffrir et de ne pas mourir. Voilà où est la vraie morale. Et il me semble que votre cas est beaucoup plus simple encore, puisque vous ne vous battez pas pour vos privilèges, mais contre eux. J'ai une grande estime pour votre courage, mais j'en ai peu pour votre intelligence. A quoi vous sert-elle donc ? Le prix que je vous propose pour faire cesser ce cauchemar qui me révolte moi-même n'est pas si exorbitant. Quelques noms, que probablement je connais déjà ou que je peux connaître aisément par d'autres sources. En fait, un simple geste de bonne volonté, qui compense un tant soit peu votre engagement antérieur et rétablisse l'équilibre de la balance. Je ne vous demande même pas de vous ranger à nos côtés, alors que nous défendons vos véritables intérêts, mais seulement de rester neutre, de faire votre métier de prêtre sans vous mêler de politique. Je vous le dis encore : je veux vous sauver. Aidez-moi à vous sauver. »

A ce moment Joachim, qui lié au perchoir

du perroquet n'avait jamais perdu de vue la lueur de sa foi en l'homme et en Dieu dans les ténèbres de la souffrance, avait abandonné tout espoir, parce qu'il avait réalisé que la perversion absolue ne résidait pas dans l'extrême de la cruauté et de la douleur, mais dans les mots, sur lesquels il avait fondé son existence. Et il avait tenté de se tuer. Et voici qu'un autre homme essayait de le sauver. Il ne pouvait que se répéter ce qu'il avait entendu et pensé lui-même si souvent : les mots servent d'abord à mentir. Et défilait dans sa tête la ronde confuse des manipulateurs et des manipulés, de ceux qui cherchaient dans les mots la vérité et de ceux qui y trouvaient le pouvoir, de ceux qui avaient reçu en partage l'intelligence et l'autorité et de ceux à qui n'étaient laissées que la crédulité et l'obéissance. Lui-même, qui connaissait les mots, qui refusait de les mettre au service de sa volonté de puissance, mais pour qui ils ne formulaient plus que des vérités suspectes ou creuses, ne savait où, aux côtés de qui, il était. Probablement nulle part, et seul. Il soupçonnait dans les paroles du père abbé un mélange d'authenticité et d'exercice du pouvoir, de manipulation et d'amour, mais ce qu'il percevait de façon claire, c'est qu'il en était à un point où ces paroles, où aucune parole, ne pouvaient plus l'atteindre.

Il était presque arrivé à la lisière du bois, non loin de l'endroit où le chemin des Moines débouchait sur la route du village, lorsqu'il vit venir en sens inverse un homme tenant un fusil de chasse, qui soudain leva son arme et tira. Quelques mètres plus loin, un passereau se débattit un instant sur le chemin. Joachim marcha vers le chasseur avec une telle expression de haine que celui-ci s'éloigna en hâte. Joachim s'arrêta, étonné de sa propre réaction incontrôlée devant la plus banale manifestation de la cruauté, de constater que l'indignation, morte dans une intelligence ayant décrété la nullité de tout enjeu et de tout combat, survivait encore à l'état émotionnel. Et la pensée qu'il n'existait probablement aucun homme en qui la violence ne fût profondément enracinée, puisque lui, Joachim, ennemi et victime de celle-ci jusqu'à la destruction de l'âme, y avait cédé, était étrangement réconfortante, comme l'est une preuve définitive balayant les derniers doutes et les derniers espoirs. Immobile, il contemplait l'oiseau mort, le chemin, les grands arbres qui le bordaient, dont les ramures hautes se rejoignaient au-dessus de sa tête et formaient une voûte polychrome à claire-voie traversée de place en place par des rayonnements donnant au sous-bois un éclairage d'église, à la fois glorieux et feutré. L'extrémité de cette nef, qui marquait la limite occidentale du bois, s'ouvrait comme un vaste porche à travers lequel il ne percevait ni forme, ni espace, ni couleur, mais de la pure lumière. Cette association du sanctuaire et de la violence faisait surgir dans sa mémoire des images anciennes, des images du temps où, enfant, il avait découvert avec terreur, pitié et délices le chemin de croix, les étapes minutieusement dessinées de la Passion du Christ, dans l'église de sa ville natale. De ces grands tableaux baroques, avivés par une sorte d'outrance espagnole des couleurs et une allure gothique dans l'expression de la souffrance et de la cruauté, de cette représentation pleine d'une exaspération dramatique et sensuelle de la patience d'une victime qui avait dans sa beauté et sa soumission quelque chose d'exquisément féminin, et du cynisme ricanant, de la brutalité massive des bourreaux, il n'avait pas compris l'emphase artificielle qui, perçue, aurait creusé entre lui et ce qu'il regardait la distance du jugement esthétique ou psychologique. Il n'avait retenu que la splendeur du corps de Jésus, sa délicate pâleur tachée de plaies noires et de sang très rouge, corps d'une idéale victime dont le spectacle faisait venir à ses yeux des larmes de compassion et naître au plus profond de lui-même un trouble plaisir dont il n'avait pas clairement conscience et qui s'exprimait par une attitude d'entière fascination. Il restait plus particulièrement en contemplation devant le tableau de la flagellation où le peintre, avec une pesante habileté, montrait le Christ attaché à une colonne tronquée, le dos sanglant et déchiré par les fouets plombés, les tourmenteurs aux muscles hypertrophiés qui semblaient frapper de toute leur puissance et

dont les bouches tordues suggéraient la cris-
pation de l'effort, la raillerie et l'insulte, la
haine et la jouissance. Ce mélange, dans ses
réactions, d'horreur, de commisération, d'at-
tendrissement et de plaisir, l'avait conduit à
une forme de mysticisme sentimental et am-
bigu qui avait pour longtemps marqué son
esprit et son comportement. Une autre illustration de cette violence au milieu du sacré
lui revenait avec force en mémoire. Adoles-
cent, il avait fait avec ses parents un voyage
en Europe et, en traversant la Toscane, il
avait vu à San Gimignano, dans la province
de Sienne, la fresque de Taddeo di Bartolo
représentant l'enfer. Il y avait dans cette
peinture recouverte d'une diaphane pellicule
de feu un tintamarre de hurlements, de rires
atroces, de grincements, d'imprécations et,
par places, le silence d'une mélancolie sans
limite, le mutisme songeur du désespoir. Il y
avait tous les corps, dans toutes les postures,
offerts à tous les supplices. Il y avait tous les
vices et toutes les punitions, toutes les cruau-
tés et toutes les souffrances, toutes les obscé-
nités et toutes les humiliations. Les démons

étaient verts avec des ventres jaunes cerclés comme des barriques ; ils avaient des mains, des serres, des griffes, des pattes, des sabots ; des têtes de chien ou de bouc et des mufles d'homme ; deux ou quatre cornes de bélier, de chèvre ou de bœuf ; des canines de fauve et de vampire, des ailes de chauve-souris, des oreilles de porc et de chat ; ils tenaient des gourdins, des épées, des poignards, des haches, des guisarmes, des scies, des lardoires, des garrots, des épieux, des pinces, des fers chauds. Un Satan colossal, pataugeant dans une boue humaine, broyait des hérétiques dans ses griffes de fauve, ses serres d'oiseau Roc, sa bouche d'ogre et la gueule de batracien qu'il avait à la place du sexe. Un diable étranglait un coléreux, à qui un autre, avec une lame, faisait d'horribles coupures au flanc et à l'aine. Une adultère, les traits déformés par le dégoût, voyait s'approcher de sa bouche, pour un baiser ignoble, le mufle ouvert d'un démon qui lui serrait le sein dans sa patte griffue. Avec une scie à araser, on découpait un orgueilleux qui criait, le ventre creusé par la contraction de

la douleur. Les viscères d'un envieux coulaient dans la main du diable qui l'étripait, et
sa tête était saisie par une mâchoire démesurée. Sur le corps d'un de ses compagnons, les
scorpions grouillaient. Des paresseux, assis
au milieu d'un foyer ardent, étaient prostrés
dans des attitudes mélancoliques qui expri-
maient une détresse et un accablement infi-
nis. Un avare était étranglé avec les cordons
de sa bourse. Dans la bouche d'un autre un
démon déféquait, et un troisième, dépouillé
de sa chair, qui n'avait plus d'humain que ses
yeux remplis d'épouvante, les épaules alour-
dies d'un sac d'or, pendait au bout d'une cor-
de. Des gloutons à l'abdomen boursouflé
tombant entre leurs cuisses, maintenus par
des diables qui les bâtonnaient et ligotés par
des serpents, dévoraient des yeux une table
servie. Mais ce qui avait le plus frappé Joachim était la punition de la luxure. Une femme, dont la souffrance et le désespoir ne parvenaient pas à altérer la beauté des traits et
qui se protégeait les seins de ses mains croi-
sées, était tourmentée par trois démons. Le
premier la maintenait à l'aide de sa queue

qui, nouée à sa longue chevelure, se terminait par une tête de serpent s'apprêtant à lui mordre la bouche. Le second versait sur elle un liquide enflammé. Le troisième enfonçait dans son sexe une sorte d'épieu qui faisait ruisseler le sang sur ses cuisses. Il avait comme le premier une queue en forme de serpent sur le point de mordre cette chair délicate et torturée. Joachim, frissonnant, baigné de sueur, coupé du monde, entièrement absorbé par cette fiction, était resté là à goûter le secret plaisir de l'horreur. Ce tumulte des murs, cernant la sérénité du sanctuaire, hurlait à ses yeux, à ses oreilles, à son imagination. L'extase faite de trouble, d'effroi et d'exaltation où l'avait plongé cette magistrale exposition de l'enfer, plus forte que toutes les paroles de menace des prêtres, l'avait déterminé à s'engager sans restriction dans la voie du salut et, s'ajoutant au mysticisme romanesque qui lui venait de ses émois d'enfant, avait notablement contribué à la naissance de sa vocation. A présent, vingt ans plus tard, il revoyait avec une extrême précision cette fresque et il se demandait pour la première fois quel avait pu être l'état d'esprit d'un peintre se livrant avec la lenteur patiente et méticuleuse de son art à ce fantastique étalage de l'horrible, à cette sainte débauche d'imagination où la plus grande perversité devenait servante de la plus haute moralité. Une telle méthode dans la conception du monstrueux, une telle minutie dans sa composition et son exécution l'effrayaient plus que l'image elle-même, et il ne savait quelle était la part froide, didactique et imposée de cette commande d'enfer et quelle en était la part torride et privée, la géhenne que l'artiste avait en lui-même et dont il se trouvait, par profession et par vertu, forcé à dévoiler les fastes et la hideur. Cela le ramenait à la soigneuse compilation des souffrances des martyrs par laquelle il avait introduit sa déclaration du matin, accumulation qui se justifiait en première analyse par sa simple valeur démonstrative, mais qui, éclairée par ses souvenirs, lui semblait maintenant entachée de secrète complaisance mesurée précisément par la quantité et la finesse des détails dans la description du mal, sorte de grimace équivoque de l'esprit cachée sous le masque noble de la plus sincère intention morale. Cependant cette auto-suspicion lui semblait dans une certaine mesure déplacée, comme étant la marque anachronique d'une intelligence s'exerçant aux finesses du paradoxe, car il était bien au-delà de toute complaisance. Il éprouvait seulement cette satisfaction bizarre que donne l'approche de la pire certitude, destruction méthodique à laquelle semblaient concourir la mémoire, la réflexion, l'anecdote, et aussi une volonté qui, autrefois de résistance, s'ingéniait à présent à accumuler les preuves de sa propre inanité.

Il sortit du bois des Moines et, après avoir suivi sur quelques centaines de mètres la route qui menait au village, il s'engagea à gauche dans un sentier encaissé entre deux haies qui descendait vers le canal. Il arriva bientôt au chemin de halage, sur le bief inférieur, à égale distance de l'écluse et du port avec lequel le canal communiquait et où autrefois, lorsque régnait dans la région une certaine activité de commerce, on transbordait le charbon et le phosphate des cargos aux péniches qui les distribuaient à l'intérieur des terres. La voie d'eau, avec ses berges aux pentes affermies par un pavage de pierres maçonnées que traversaient çà et là des plantes sauvages, incompréhensible percement du solide par le fragile, avec un début d'envasement et quelques plaques denses de lentilles, avait cette mélancolie propre aux architectures mortes depuis peu, balançant entre la vulgarité de l'utilitaire et la noblesse du vestige, entre l'affirmation moribonde de son caractère artificiel et l'ensevelissement définitif, par une sorte de lente homochromie, dans le milieu naturel. Joachim remonta le chemin de halage vers le bief supérieur et l'écluse, longeant le ruban des eaux immobiles, protégées par l'encaissement de leur lit des risées océanes dont le souffle paisible arrivait par intermittence de l'horizon méridional, et une ligne de saules, herse de bois et de verdure qui semblait plantée là pour contenir le glissement des collines. Il vit, à une centaine de mètres en amont, au milieu du canal, une embarcation qui allait dans la même direction que lui. Il la rattrapa bientôt. C'était une grande et lourde plate dont le seul passager, assis sur le banc de nage face à la poupe, maniait de longues rames sans effort apparent, avec une absolue régularité de rythme. Il se penchait en avant, immergeait le plat de ses avirons suffisamment pour que l'impulsion fût efficace, mais en restant le plus près possible de l'horizontale, presque à fleur d'eau, pour éviter tout effort inutile, tirait sans hâte sur les manches, bras tendus jusqu'à la fin du mouvement qui le renversait en arrière, se redressait en maintenant les rames au-dessus de l'eau et s'arrêtait un instant, comme pour se reposer avant de répéter son geste, tandis que le bateau courait sur son erre. Il allait à vitesse réduite, et devant l'impassibilité de ses traits, l'économie et la puissante lenteur de ce mouvement d'horlogerie, il semblait évident qu'il pouvait continuer ainsi indéfiniment. C'était un robuste vieillard, au visage grave et fermé, avec quelque chose de songeur et de lointain dans ses yeux clairs. Il portait une chemise blanche, aux manches retroussées, bouffant à l'ancienne là où elle n'était pas plaquée contre son buste par la double bande des bretelles, un pantalon sombre à plis et à revers et des chaussures noires à gros bouts ronds. Sur le banc de proue, un chapeau mou gris et une cravate grenat couvraient à demi une veste soigneusement pliée. Devant lui, posés au fond de la barque près du banc de poupe, deux immenses paniers d'osier à anse de bois, d'une facture probablement domestique, solides et frustes, laissaient voir une partie de leur contenu, quelques gros pains de campagne, du fromage, des bouteilles et un paquet de café. Il y avait dans l'allure de cet homme une solennité de jour de fête, une sorte d'empesage dominical. Il fit un bref signe de tête à Joachim. Celui-ci avait enregistré ces notations comme malgré lui, par un automatisme de l'observation agissant dans l'indifférence aux choses d'un esprit totalement replié sur lui-même mais sollicité sans motif par les mouvements du dehors. Il lui rendit son salut et doubla la plate. Il arriva peu après en vue de l'écluse et s'engagea entre le quai et le jardin cerné de massifs de fleurs devant la maison de l'éclusier. Pardessus la haie basse, une femme le regardait s'approcher et, lorsqu'il parvint à sa hauteur, lui dit avec une certaine timidité, presque à voix basse : « Bonjour mon père. » Il s'arrêta et la considéra avec surprise, avant de lui répondre. Il ne l'avait jamais vue, ni en ce lieu, sans doute parce qu'il n'y était venu que très rarement, ni à l'abbaye où elle devait cependant aller parfois aux offices, car il fallait qu'elle l'eût reconnu, aucun signe distinctif de sa fonction n'apparaissant dans le costume civil qu'il portait en permanence à l'église comme à la fabrique. La femme, qui pouvait avoir quarante ans, exprimait la séduction un peu fanée de ces visages tôt vieillis par les éléments et le travail, dont la régularité et la finesse sont claires encore sous un début d'empâtement et de rides qui, curieusement, en exaltent la sensualité au lieu de l'atténuer, impossible mélange du premier masque et de la première vérité de l'âge. Certains êtres et certaines choses, dans un commencement de ruine, suggèrent plus de splendeur qu'ils n'en montraient intacts. Sa chevelure brune, très dense, était tirée en arrière par un chignon qui ne parvenait pas à domestiquer toutes les boucles, dont quelques-unes retombaient sur ses tempes et encadraient l'ovale assez large de son visage. Ses yeux et sa bouche étaient très jeunes. Quelques sillons marquaient son front ou bien, partant des ailes du nez pour se perdre vers les commissures des lèvres, étaient comme la trace d'un sourire dans la plénitude de ses joues, un démenti à la gravité de sa physionomie. Elle portait une robe sombre, sorte d'habit de dimanche et de veuvage, dont la sévérité était tempérée par une échancrure dégageant son cou et le haut de son buste, et se terminant en pointe à la naissance de ses seins où tombait une médaille d'or. Il y avait dans toute sa personne comme une générosité contenue, quelque chose de spontanément amical modéré par une réserve de commande. Ses lèvres remuèrent sans doute pour prononcer une quelconque banalité de mise dans les rencontres fortuites, lorsqu'ils entendirent héler du canal. C'était le batelier qui arrivait. La femme sortit du jardin et s'avança sur le quai. La plate s'engagea dans le sas dont les eaux étaient au plus bas niveau et les portes ouvertes vers le bief inférieur, situation probablement due au passage du même homme dans le sens inverse, car, en cette saison, la voie d'eau était pratiquement inutilisée, ce qui réduisait le service de l'écluse à une sinécure. Le rameur immobilisa son bateau exactement au milieu du sas, et il l'y maintint à l'aide d'imperceptibles coups d'avirons. La femme saisit une lourde manivelle qui, par une série d'engrenages, actionnait une énorme crémaillère commandant l'ouverture et la fermeture des portes. Joachim s'approcha et lui dit : « Laissez. Vous allez vous salir. Je vais le faire. » Elle lui sourit et tout ce qu'il y avait d'usure, de fatigue, de résignation et de défiance disparut de son visage. Joachim, surpris par cette espèce d'éclosion, la regarda fixement, sans penser à la gêne que cela pouvait créer. Elle lui dit : « Je vais m'occuper des vannes », et s'éloigna de quelques pas. Il tourna la manivelle. Les hautes portes du sas se mirent en mouvement, en grinçant un peu, et les vantaux se rejoignirent avec lenteur, séparant les eaux du sas de celles du bief inférieur. La manivelle se bloqua dans les mains de Joachim. Les portes étaient hermétiquement closes. La femme actionna le volant qui commandait les vannes d'amont, permettant le passage de l'eau du bief supérieur dans le sas où, vomie avec force par une canalisation immergée, elle créait des remous puissants qui s'atténuaient à mesure que le niveau montait et que la couche liquide de plus en plus épaisse et lourde écrasait les effets de cette irruption. La plate, que le batelier, comme en se jouant, maintenait presque immobile dans les convulsions de l'eau, s'élevait lentement dans le sas. La tête de l'homme, toujours impassible et lointaine, émergea au-dessus des quais, puis son buste, puis le plat-bord et une partie des œuvres mortes de son embarcation. Le mouvement s'arrêta. Joachim alla ouvrir les portes donnant sur le bief supérieur. Le rameur fit un signe de tête, dit : « Merci » et se dégagea du sas, reprenant, aussitôt sorti dans le

canal, son immuable coup de rame. Joachim
et la femme le regardèrent s'éloigner. Elle lui
dit : « C'est un ouvrier agricole qui habite en
amont, près du pont routier. Il a un ou deux
arpents de jardin et va vendre ses légumes et
ses volailles au marché du bourg, le dimanche matin. Il rapporte des courses pour la
semaine.» Elle se tourna vers lui et ajouta :
« Merci pour le coup de main. Entrez prendre un café. » Et, sans attendre sa réponse,
elle se dirigea vers la maison. Il hésita, puis la
suivit. Ils traversèrent le jardin et, par une
porte assez basse qui força Joachim à cour-
ber la tête, entrèrent dans une vaste salle qui
semblait être la pièce la plus étendue et le
cœur de la maison. Elle suggérait de multi-
ples fonctions. C'était avant tout une cuisine,
ce que dénotait la présence d'une haute et
profonde cheminée, d'une antique cuisinière
à bois à côté d'une moderne cuisinière à gaz,
d'une théorie de poêles et de casseroles ac-
crochées au-dessus par ordre croissant ou
décroissant de taille, d'un bric-à-brac de cou-
teaux, de louches, d'écumoires, de planches
à découper et d'une huche à pain. Sur le lin-

teau de la cheminée, énorme poutre de chêne en saillie formant tablette, étaient rangés des pots de métal émaillés portant des étiquettes où on pouvait lire : sucre, sel, farine, laurier, café... C'était aussi une salle à manger. A côté d'un vaisselier, une longue et lourde table recouverte d'une toile cirée était cernée par une demi-douzaine de chaises de bois et de paille et un banc sans dossier. C'était encore une salle de séjour : deux gros fauteuils sans style, qui paraissaient confortables, regardaient la cheminée dont le foyer contenait, appuyés aux parois latérales depuis le fond jusqu'aux jambages, deux petits bancs qui encadraient l'âtre et devaient servir au moment des plus grands froids. C'était enfin une chambre d'hiver avec un lit clos, meuble monumental qu'on rencontre encore parfois dans les anciennes fermes de Bretagne. La femme plaça Joachim au bout de la table, sortit deux bols du vaisselier, prit le pot de sucre sur la tablette, servit le café maintenu au chaud au-dessus des cendres rouges de la cuisinière à bois et s'assit sur le banc, à angle droit par rapport à son hôte. Peut-être avait-elle choisi cette disposition pour éviter de le regarder en face, car, à présent qu'il n'y avait plus entre eux le rapport naturel et aisé qu'instaure toujours plus ou moins une chose à faire, mais seulement les virtualités de la parole, revenait chez elle la réserve qui avait marqué leur premier contact, presque de l'embarras. Elle l'examinait à la dérobée. Il y avait là un homme perdu dans un sombre espace intérieur, et une femme solitaire, inculte, vive et intuitive, craignant la gaucherie de ses mots et la banalité de ses pensées, timide devant ce visage qui exprimait un mélange de jeunesse, de savoir et de souffrance, perplexe parce qu'elle avait obéi à une impulsion et ne savait comment lui donner suite. Joachim remuait le sucre dans son bol, indéfiniment. Il eut soudain conscience du lieu, de cette présence muette et embarrassée, au bord du mot et du geste.

« Pourquoi m'avez-vous appelé " mon père " ? Vous me connaissez ?

— Oui. Je vous ai vu à l'église de l'abbaye parmi les moines. Je vais à l'office du dimanche. C'est plus près que le bourg.

— Mais j'aurais pu être avec les moines sans être prêtre. Qui vous a dit que je l'étais ?

— Personne. Enfin, si... Vous l'avez dit.

— Vous étiez là ce matin ? Vous m'avez entendu parler ?

— Oui. »

Elle dit cela dans un souffle, comme une chose honteuse, en détournant la tête. L'aveu de sa présence était proche de l'aveu d'une faute, ou tout au moins d'une indiscrétion, comme si le coupable était à ses yeux non celui qui disait, qui se disait ainsi publiquement, mais celui qui écoutait, qui avait le tort d'être là. Tout venait du caractère intime et subversif du propos, mais ce n'était pas le propos qu'elle jugeait, c'était le fait de l'avoir entendu, et elle se sentait coupable de l'avoir entendu non parce qu'il était subversif, mais parce qu'il était intime. Elle partageait avec les moines une méfiance envers l'individualité en ce qu'elle est douteuse et profonde, ne la tolérant qu'anecdotique, c'est-à-dire sans enjeu, sans risque et facilement communicable. Ils l'étouffaient dans la discipline collective, dans l'absolue communauté de croyance et de pensée ; elle l'entourait de silence et de solitude. Ce qui touchait une tragédie intérieure, un drame de la conscience ou une simple perplexité morale allait sans dire, était muet. Et à juste titre, puisque ces états d'esprit et de nerfs, dans lesquels elle s'était trouvée parfois au cours de sa vie, devant la mort, la faute, le doute ou l'injustice, étaient voués à l'enlisement par la force quotidienne des choses, l'apaisante banalité de la vie, donc à l'oubli. Ce qui l'avait choquée dans le geste public de cet homme était, plus que ses paroles, qu'il osât dire, plus que le sacrilège, l'impudeur. En même temps, elle n'avait jamais entendu parler ainsi, et elle se sentait, au milieu du scandale, attirée par ce mélange de conviction dans l'impiété, de fermeté dans l'aveu du désespoir, d'humilité au cœur même de la révolte. Elle ne concevait pas elle-même clairement ces motifs d'attirance, mais elle savait au moins que dans le mur de son infinie discrétion, dans cet effacement de l'être d'abord, de la femme ensuite, il s'était créé une fissure. Et par cette fissure elle se demandait si elle voyait le jour ou la nuit. C'était peut-être pour tenter de trouver une réponse à cette question que, lorsqu'elle avait vu Joachim sur le chemin de halage, elle avait brusquement décidé de lui parler. A présent qu'il était assis auprès d'elle, dans sa maison, elle ne voyait plus à son propre geste une seule raison précise, sinon une émotion qui, lorsqu'elle le regardait furtivement, la troublait et dont elle ne pouvait ou ne voulait pas connaître la nature. Elle avait désiré lui parler, mais il n'y avait pas de contenu dans ce désir, et elle s'apercevait qu'elle n'avait rien à dire. C'était comme si la neutralité, l'insignifiance, l'effacement, la convention, l'ignorance avaient tenté d'établir un dialogue avec la passion, l'expérience illimitée, l'engagement total, la conscience nue. Cet homme tout entier était un scandale, et il lui avait révélé le sien, à elle, discret, anodin, celui de ne jamais dire, de penser à peine, d'exister à demi, de n'être rien qui vaille. Elle attendait de lui une suite mystérieuse. Et la seule et absurde manifestation de cette attente était son silence. Elle se sentait misérable. Elle ne savait pas qu'elle demandait à Joachim de lui donner cette chose énorme : une identité. Elle lui demandait, sans en avoir conscience, de continuer à démanteler ce mur de normalité qu'on avait construit autour d'elle depuis l'enfance, qui n'avait pas réussi à l'étouffer totalement, derrière lequel elle était vivante. Elle ne voyait pas que cet homme bâtissait son propre mur, qu'il était déjà coupé du monde, et que ce scandale de la souffrance et des valeurs perdues, dont la révélation avait été pour elle un commencement, était pour lui une fin. Il y avait de la dérision dans ce silence forcé interrogeant ce silence délibéré, dans ce bâillonnement appelant au secours ce mutisme.

Soudain Joachim se mit à parler, comme dans un songe en état d'éveil, d'une voix basse, parfois à peine audible, avec de brusques changements de rythme selon qu'il laissait aller sa pensée sans contrôle, qu'il était repris par la mécanique du raisonnement, qu'il tentait de dire l'intolérable ou qu'il retombait dans la lassitude. Il regardait la table devant lui. Ses mains se nouaient et se défaisaient, ou maniaient distraitement sa cuillère.

« Peut-être que l'officier avait raison. Ça ne sert à rien de protester. Il y a le fort, le faible. Pas de droit. Il ne faut pas que le faible proteste. Il faut simplement qu'il devienne le plus fort. Il faut se taire. Qu'est-ce que c'est qu'une protestation devant le bourreau ? Ça a l'air digne, mais c'est dérisoire, une attitude hors de propos. Ça prête à rire. Le bourreau rit. Je l'entends rire. Il se dit qu'il peut tout. Il tient entre ses mains la morale, qu'il méprise, et l'esprit, qu'il hait. Il les voit se décomposer, s'humilier, devenir fous, devenir ignobles, se nier eux-mêmes sous l'effet de la douleur. Il se dit voilà la conscience du monde, sa raison, sa dignité, qui hurlent comme une bête. Et il rit. Il se dit voilà tous ces grands discours qui veulent changer l'ordre des choses, toutes ces pensées inutiles, tous ces désirs ridicules, toutes ces connaissances qui ne servent à rien, je les ai là, devant moi : c'est juste un morceau de viande qui se tord. C'est quelque chose de moins que moi. Ça hurle et ça se tord quand je veux. Je l'entends rire. Voilà le monde. Le réel. Et de l'autre côté il y a les mots. Les paroles et les livres. Ils mentent, ils ne se lassent pas de mentir. Depuis le début. Le fait est qu'il y a le bourreau et la victime. Les mots sont juste un rêve. On ne peut pas être des deux côtés à la fois. Je voudrais que le menteur soit le réel, pas les mots. Il y a les professions de foi. Et il y a les traîtrises des actes. Ça s'appelle le réalisme, ces reniements. Ça consiste à ajuster les mots aux actes. A fabriquer l'homme médiocre. A viser le milieu. A faire avorter toutes les révolutions de l'esprit, et à expliquer pourquoi ces avortements étaient nécessaires. Si quelqu'un tient aux mots, s'accroche aux mots, il faut le dissuader. On peut aller jusqu'à la torture, jusqu'au meurtre. Le milieu est plus près du bas que du haut. La plaine est plus proche du gouffre que de la montagne. L'abjection n'est qu'une faiblesse. Le sublime est une monstruosité. Comme si le plus grand vertige venait du fait de regarder vers le sommet, et non vers l'abîme. Tout me fait horreur : les héros, les saints, les martyrs, les bourreaux. Peut-être suis-je devenu un médiocre. Un médiocre qui ne contient plus que la réalité et les virtualités de sa médiocrité. Je voudrais que les actes mentent parce qu'ils trahissent, et je sais bien que ce sont les mots qui mentent, parce qu'ils se vantent. Fatalement. Ils s'empilent et en viennent à dire n'importe quoi sous prétexte de logique interne. Cette logique est un vice. Un vice de forme qui devient un vice de fond. C'est une aberration. Le premier mot a fait naître la première utopie. Et les suivants ont continué à dire, sans relâche, à inventer, à mentir. Pendant qu'on tuait. Pendant qu'on torturait. Je répète que la matière ne fait que hurler et se tordre, depuis le début, avant les mots, et après eux qui n'y ont rien changé. Le fait est là. Le reste coule du bec du perroquet installé sur son perchoir. Au-dessous de ce perchoir il y a un homme entravé qui hurle et se tord, et au-dessus il y a le même homme qui radote. J'ai essayé de fuir ce perchoir. Mais on n'échappe pas à l'utopie une fois qu'on y a trempé son esprit, pas plus qu'on n'échappe à la douleur. J'ai voulu tuer ces utopies : Dieu, le Christ, la société, parce que dans Dieu il y a le jugement, dans le Christ il y a la souffrance, et dans la société il y a le pouvoir. Mais comment tuer l'utopie sans se tuer soi-même ? Il ne me reste rien que la douleur, accrochée à ma chair et à ma mémoire. Et cette douleur ne trouve même plus un semblant de justification dans les mots. Elle est là, tapie dans le fond de la conscience. Elle guette. Au moindre relâchement de l'esprit, à la moindre indiscipline, elle se montre. Elle profite de tous les égarements de la pensée. Il faut pour la tenir à l'écart une volonté constante et forcenée. L'intelligence travaille, construit, pense ailleurs. Elle, elle n'a qu'une chose à faire : attendre. C'est un combat trop inégal. On s'épuise dans la diversion méthodique. Elle se fortifie dans le silence. Elle surgit dans l'errance, le songe, le sommeil. Avec ses images d'humiliation qui s'enrichissent à mesure que la mémoire s'éloigne des faits. Des images dont la précision grandit avec le temps. Une maniaque obsession du détail. L'intensité du cri, de la peur, la résonance de chaque parole, de chaque bruit, l'horreur méticuleuse des lieux, le masque détaillé du bourreau, chaque soubresaut des victimes. Il y avait une femme... Depuis elle ne m'a pas quitté une seconde. J'ai vu cela. Et les gens vont à leurs affaires. Ils entourent de soins leur sexe et leur estomac. Ils s'inquiètent de n'être pas tout à fait heureux. Et ils dorment. Paisiblement. Pendant qu'on torture, qu'on broie des esprits et des corps dans les recoins de leur civilisation. On n'entend rien. Ça ne peut pas exister. C'est de la propagande. On n'entend absolument rien. Moi, j'entends. Il n'y a qu'une clameur. Et elle grandit. Je ne peux plus vivre avec ça. C'est assourdissant. Les victimes entendent. Elles ne font qu'entendre. Les bourreaux aussi. Le jour, la nuit, dans l'éveil, dans le sommeil. Les cris. L'écho des cris. L'écho de l'écho. La mémoire résonne plus affreusement que la réalité. Il n'y a qu'un chemin pour le bourreau. Droit et sans retour. Continuer. Étouffer les cris de sa tête avec des cris réels, couvrir les cris anciens par des cris nouveaux. C'est une fuite en avant. Se plonger dans l'abjection pour neutraliser la conscience de l'abjection. Il est seul. Il est coupé du monde. Sa vie, c'est la torture. Le misérable pouvoir de provoquer la douleur. Quand il est jugé, il se réfugie derrière la hiérarchie. Ou l'efficacité du combat. Mais il se fout de l'autorité, il se fout du combat. Il sait que ses chefs le méprisent. Il sait que, quelle que soit l'issue du combat, il sera le perdant. Entre les quatre murs épais de son caveau, d'où suintent la souffrance, la haine, le désespoir, il est le maître absolu. C'est un enfer en réduction dans lequel il est un Satan. Dedans il est tout. Dehors, il est le dernier des hommes. Un intouchable. Même si les autres ne savent pas, lui, il sait. S'il sort de là, s'il veut retourner à la vie, un autre enfer commence, mais dans lequel il est le damné. Il est damné par sa propre mémoire. Alors il continue. C'est comme une drogue. Mais il est possible que je me trompe. Peut-être est-ce là un bourreau selon la logique de la victime. Peut-être que là où je vois le coupable du mal absolu, il n'y a qu'un fonctionnaire spécialisé. Qui va à son travail et le quitte à heures fixes. Qui dort avec une femme, de qui il a des enfants. Qui est bon mari, bon père, bon voisin, bon chrétien, bon citoyen. Un simple salarié. Est-il possible que le monde ordinaire ne sache pas qui il est, ne puisse s'en rendre compte immédiatement ? Mais alors est-ce que cette ignorance des autres ne signifie pas chez lui une conscience paisible ? Est-ce qu'il peut faire ça comme un travail ordinaire ? Je ne comprends pas. La distance entre l'abjection et la normalité est peut-être insignifiante. Si cela est, je ne comprends rien. Sinon qu'il n'y a aucun espoir. Ou un seul, celui du néant. Parce que dans le néant il n'y a pas de bourreau ni de victime, donc pas de souffrance. Pas de Dieu, donc pas de jugement. Pas de société, donc pas de pouvoir. Pas de mots, donc pas de mensonges. Il n'y a que le calme. La paix. Enfin la paix. »

Joachim se tut, comme perdu dans une sorte d'effroi succédant à cette crise, conclusion attendue et redoutée d'un débat intérieur qui avait duré un temps infini, où se mêlaient la sombre logique du désespoir, l'ambiguïté d'une parole instituée sur le postulat de sa propre impuissance, la violence d'images inlassables et crues, en une hallucination raisonnée. A aucun moment il n'avait donné l'impression de s'adresser à la femme, et cependant cette tentative de dire avait surgi à cet instant et en ce lieu parce qu'elle était là, parce qu'elle représentait une vague espérance de rompre sa solitude, et peut-être même de faire demi-tour dans un cheminement de pensée irréversible, de donner à la parole, bien qu'elle fût en principe disqualifiée, une ultime chance de retrouver son ancien pouvoir. C'est-à-dire la faculté de nier ou de transformer l'évidence, d'opposer sa monodie ténue et compliquée au vacarme dévastateur des faits et des souvenirs, de réconcilier miraculeusement l'esprit, l'existence et la mémoire. Il avait ces arrière-pensées au moment même où il constatait qu'il s'engageait nécessairement dans un cul-de-sac, impasse ayant ceci de particulier qu'elle s'arrêtait court devant rien, l'absolue perspective du vide.

La femme, immobile, avait écouté ces mots dont tour à tour elle comprenait, devinait ou soupçonnait le sens. Dans cet abîme sa propre espérance informulée s'était évanouie, et elle voyait à présent qu'elle ne devait rien attendre de cet homme, qu'une perplexité, un grandissant inconfort à venir, un malaise définitif qu'elle ne pourrait apaiser ni résoudre, n'en connaissant pas clairement la cause, et pas du tout le remède. Elle croyait en Dieu, à travers la doctrine du Christ réduite à un catéchisme, et ignorait ce qu'était Dieu et ce qu'était le Christ. En écoutant Joachim, elle s'était aperçue qu'elle n'avait ni les moyens de croire, ni les moyens de nier, pas même ceux de douter. Elle ne savait de l'esprit que la surface, quelques formulations élémentaires et commodes, sorte de philosophie de la vie pratique sur le mode mineur, et de la matière que les apparences immuables et rassurantes. Elle était étonnée jusqu'au vertige du fait que quelqu'un pût mettre en question les mots, le fonctionnement même de la parole, dont le seul usage avait été pour elle jusqu'alors la désignation des choses, d'événements simples et de sensations évidentes. Elle était portée, affectivement, à suivre Joachim dans son doute, mais il lui fallait douter à son propre niveau, douter des mots dans ce qu'ils ont d'indiscutable, précisément la capacité nécessaire de nommer l'objet, d'ordonner le chaos, prémisses de cette conclusion illimitée qu'est le raisonnement, à laquelle elle n'était jamais parvenue. Là où Joachim suspectait le théorème, elle en était réduite à suspecter le postulat. Elle ne savait du pouvoir, de la société, que la vague contrainte extérieure, dictature insidieuse et molle, qui lui avait assigné un rôle de figuration, qui lui avait refusé une identité au nom de l'ordre des choses. C'était peut-être ce qui la rapprochait de Joachim car, sans que leurs sorts fussent immédiatement comparables, ils se retrouvaient dans la solitude. A cette exclusion, à ce dénuement, l'un avait été conduit par un esprit de résistance, l'autre par un esprit de soumission. De la souffrance, elle ne connaissait que deux aspects. Le premier, ancien, se mêlait au fatalisme et à la nécessité, à la certitude de l'oubli. Le second, nouveau, lui avait été révélé par Joachim dont la douleur ne s'engourdissait pas, mais au contraire croissait jusqu'à l'intolérable à mesure que le temps s'écoulait. Elle faisait cette constatation en simple témoin. Cependant elle en subissait un effet indirect et plus intime. Elle voulait, dans une certaine confusion, devenir, c'est-à-dire commencer à être, mais cette volonté, qui osait à peine s'avouer, empêtrée dans la résistance de l'acquis, ne sachant pas son but, née d'une suspicion autant que d'une aspiration, allait vers l'inconnu. C'était un peu marcher à reculons. Entre la grisaille où elle se trouvait, qui avait les pauvres mérites de la familiarité et de l'habitude, et la lueur qu'avaient fait naître les paroles entendues dans l'église, il y avait une obscurité absolue dans laquelle elle ne pouvait que s'engager. Et voici que Joachim, par d'autres paroles, venait de souffler cette lumière, la renvoyant à un état des choses antérieur dont il avait en un instant rendu perceptible l'insignifiance. Elle ressentait la douleur sourde de la frustration, l'amertume, qui était le commencement d'une angoisse, de revenir à cet *in pace* de l'esprit que rendait plus étroit l'impression d'avoir aperçu fugitivement, par une faille aussitôt rebouchée, l'immensité vague du dehors, le déchirement d'être à la fois prisonnière de l'ombre où Joachim l'avait trouvée et en fuite dans la nuit où il la laissait, le désarroi de n'être plus nulle part. Dans la mort, elle ne voyait qu'un cérémonial et une acceptation résignée qui était presque de la familiarité. C'était un événement social parmi d'autres, compris dans un cycle immuable, le dénouement normal d'une multitude de vies normales. N'en percevant ni l'arbitraire ni le monstrueux, il ne lui venait pas à l'idée de protester, ni même de s'effrayer. La disparition d'un être jeune créait chez elle un sentiment d'injustice, parce que cela perdait un peu son caractère naturel, était une interruption au lieu d'une conclusion, perturbait la marche ordinaire du monde. Sachant peu de la vie, elle ne pouvait avoir de la mort qu'une conscience amoindrie, canalisée par l'usage, où la douleur était édulcorée parce que prévue, intégrée au rite. Ce n'était pas non plus la paix, la fin d'un cauchemar, l'avènement d'un sommeil sans rêve, parce qu'elle ignorait la torture, et ne concevait pas le néant. Mais dans les mots et le visage de Joachim, elle voyait une mort qui tout à coup prenait chez cet être plein de force et de jeunesse une densité, une acuité, un poids effrayants, avait un enjeu jamais rencontré et devenait par là un gouffre et un mystère. La foi et le doute, l'esprit et la parole, le pouvoir et la douleur, la mort, toutes ces choses entr'aperçues par elle, contredisant un apprentissage irréfléchi ou d'un dogmatisme pratique, toutes ces révélations faites massivement, sans méthode ni précaution, à sa sensibilité plus qu'à sa raison, pluie d'orage tombant inégalement et au hasard dans un désert soudain conscient de la soif, toutes ces virtualités d'existence et d'identité, débouchaient sur un avortement qui la laissait plus désarmée qu'auparavant, parce qu'ayant l'intuition, désormais, de ce qui était, et de ce qui aurait pu être.

En même temps sa propre catastrophe, discrète et comme esquissée, trouble profond et invisible promis à la stagnation dans l'angoisse ou à l'effritement dans la réaction des habitudes, était secondaire, s'effaçait devant le désespoir de Joachim. Cette douleur feutrée, qui était une conséquence, s'oubliait en face de la cause, qui était une douleur aiguë. Elle se demanda soudain, dans une panique, s'il n'attendait pas d'elle une aide qu'elle serait incapable de lui apporter, si les rôles n'étaient pas en train de s'inverser, si cette force et cette conscience acharnées à se détruire elles-mêmes n'exigeaient pas de l'impuissance et de l'obscurité un secours ou un apaisement. Il était venu dans sa maison et avait prononcé ces mots définitifs, devant elle. Elle ne percevait pas que tout cela était la suite, et peut-être la fin, d'un monologue démesuré. Là où il ne faisait que dire en sa présence, elle pensait qu'il s'adressait à elle. Là où il n'y avait d'abord qu'une coïncidence entre une rencontre et un moment particulier d'une réflexion solitaire, et après coup qu'une arrière-pensée, elle voyait une intention claire. Il lui fallait donc dire ou faire quelque chose. Mais pas plus qu'elle n'avait su demander, elle ne savait répondre. Et cependant l'urgence lui en apparaissait avec une violence qui la submergeait. Elle était une volonté tendue à se rompre, énergie qui, faute d'engendrer un mouvement, se transformait en anxiété. Elle tremblait. Elle posa sa main sur celle de Joachim et la serra avec force. Il leva les yeux vers son visage, comme étonné de cette présence, plus encore que de ce geste. Elle regardait droit devant elle. Il fut saisi de ce même trouble éprouvé lorsqu'elle lui avait souri, sur le quai, mais plus profond et plus fort. Il réalisa l'effet sur elle de ses paroles, et aussi qu'il la trouvait belle, que dans la compassion de cette femme il y avait du désir. Il retira doucement sa main en disant : « Pardonnez-moi. » Il se leva, se dirigea vers la porte, se retourna et répéta : « Pardonnez-moi. » Puis il sortit. La femme n'avait pas bougé. Même ses yeux restaient fixes, et elle ne le regarda pas franchir la porte et disparaître.

Joachim traversa le jardin et s'avança sur le chemin de halage, en amont de l'écluse, jusqu'au pont qui franchissait le canal. Là, il s'arrêta. La fin de l'après-midi s'annonçait, et le soleil encore chaud, donnant une lumière plus diffuse et plus subtile, comme filtrée par une imperceptible vapeur, tombait à l'occident. A sa gauche, le chemin de l'Écluse, qu'il avait déjà parcouru plus tôt dans la journée, escaladait la colline où se dressait l'abbaye. A sa droite, au-delà du pont, le chemin de halage de la berge opposée fuyait entre le canal et les haies cernant les pâturages du monastère. Joachim, se souvenant de l'exigence du père abbé, hésita. Puis il traversa le pont et prit vers l'aval le chemin qui allait plein ouest jusqu'au bourg et au port. Tournant la tête, il regarda pensivement la maison devant l'écluse, sur l'autre rive. Rien ne bougeait. La porte était close, le jardin désert. Il poursuivit sa route. Il venait pour la première fois de ce côté du canal, qu'il avait si souvent observé de sa fenêtre, et identifiait ici et là ce qu'il avait perçu comme des traces indistinctes, des touches placées par un pinceau léger pour restituer une nuance sans dessiner un contour, pour rendre d'un objet trop lointain la seule qualité de la couleur. Il

arriva à l'embranchement du chemin de halage et d'un sentier qui le quittait sur la gauche, vers le sud et l'océan, marquant la limite
occidentale des terres de l'abbaye, et qu'on
appelait chemin du Moulin, à cause d'un
ancien moulin à vent construit à son extrémité sur la falaise dominant l'Atlantique. Il
s'y engagea. Le sentier montait en faux plat
vers la crête située quatre kilomètres plus
loin, qui le protégeait du vent du soir se
levant sur la mer, dont quelques souffles bas
faisaient frissonner les feuillages. Joachim
s'arrêta devant une longue barrière métalli-
que fermant une trouée dans le talus herbeux. A l'endroit de la saignée, quelques
racines émergeaient. Les ramures hautes des
arbres plantés sur le remblai se rejoignaient
au-dessus de ce créneau et, au gré du vent,
s'effleuraient avec un bruissement doux.
Joachim regarda les champs qui s'étendaient
à perte de vue, parsemés de bosquets, cloi-
sonnés par des clôtures de barbelés cloués à
d'énormes pieux et par des haies qui fuyaient
à l'horizon. Des troupeaux de génisses pais-
saient auprès des mares. Des oiseaux chan-

taient. La cloche du monastère, appelant les moines aux complies, sonna, tintement assourdi qui lui parvenait par intermittence dans les calmes de l'air succédant aux risées océanes. Il leva les yeux vers la colline. L'abbaye, baignée de la lumière oblique du soleil déclinant qui colorait de vieil or ses façades et incendiait ses vitraux, semblait un idéal sanctuaire où la paix des âmes s'accordait avec la paix des champs, un havre où tout esprit en tumulte pouvait espérer trouver le repos. Elle exprimait cette harmonie absolue qui résulte de la rencontre parfaite de deux harmonies relatives, celle de la construction humaine et celle de la nature, et d'où les yeux et l'imagination tirent un mélange de jouissance et de mélancolie. Joachim se mit à pleurer. Debout, les mains posées sur la barrière, le corps secoué de sanglots, il laissait enfin s'exprimer l'amertume qu'il avait accumulée depuis tant de mois, alourdie des expériences de cette journée où la tumeur qui l'infectait était devenue béante. Peut-être la douceur du crépuscule, la sérénité du monastère, la beauté calme du paysage, affirmations du plaisir de voir, de ressentir, de jouir du monde, impressions des sens contredisant, défiant son état d'esprit, le soupçon universel qui le hantait, avaient-elles la saveur empoisonnée du paradis perdu. Peutêtre cette splendeur des choses, parce qu'elle appelait à l'oubli, rendait-elle plus vif le mensonge des apparences. En même temps cette paix du dehors, trompeuse et persuasive, enveloppante et inaccessible, le ramenait à des sérénités d'enfance que sa mémoire faisait resurgir dans un désordre de la nostalgie. C'était une plage au bord d'une large rivière à l'eau brune pleine de paresse et de danger, d'où, assis sur un tronc presque horizontal étayé par une fourche et relevant la tête vers le soleil, il contemplait la jungle de l'autre rive vibrante d'une touffeur d'orage, éden tropical dont les bruits filtrés par l'épaisseur de l'air, assourdis par la chaleur, lui parvenaient en une bizarre symphonie, une musique d'au-delà qui était restée telle dans son souvenir, car il n'avait jamais franchi le fleuve. C'était une guitare égrenant les notes d'une quelconque peine de cœur tou-

jours rabâchée dont la désuète mélodie, asso-
ciée au mystère des premières ombres du soir
observées de la véranda, le plongeait dans un
état de félicité et de langueur. C'était l'image
de sa mère lisant dans le patio, visage jeune
et mobile reflétant la gravité ou la légèreté du
livre, corps mince et secret abandonné dans
un immense fauteuil d'osier, qu'il avait détaillée au fil des heures, des jours et des
années sans qu'il pût l'épuiser ni y noter la
moindre altération, avec un amour dévorant
qui se compliquait parfois de tristesse et de
désir. C'était la séduction étrange des poè-
mes, des comptines et des chansons en por-
tugais, en espagnol ou en français que sa gou-
vernante lui disait ou lui fredonnait d'une
voix lointaine lorsque la nuit était tombée,
qu'il aurait écoutés jusqu'au matin, parmi
lesquels il avait retenu surtout une « ronda
de niños » dont les deux premiers vers
s'étaient imprimés dans sa mémoire, qu'en
ce moment même il se rappelait et tâchait,
dans l'étouffement des larmes, de prononcer
tout haut sans savoir si cela accroîtrait ou
atténuerait sa douleur :

« Danzamos en tierra chilena
Màs suave que rosas y miel... »

Il n'y avait là que des souvenirs de rêveries, de contemplations enfantines. La mélancolie du moment sollicitait le retour de mélancolies anciennes, comme en un songe fait de songes dont la douceur passée se muait à présent en amertume. Il pleura longtemps.

Il reprit sa route vers la mer. Ces deux explosions, celle de la parole et celle des larmes, avaient provoqué en lui deux ruptures, dans l'esprit et dans les nerfs. Il s'était coupé des mots, donc des autres, qui auraient pu représenter un secours, et de son propre raisonnement, dont la démarche catastrophique contenait les virtualités de son contraire, la possibilité d'un retour ou tout au moins d'une déviation dans ce cheminement raisonné vers l'abîme. L'autre rupture était celle d'une tension extrême, d'un combat du corps et de la sensibilité souffrant et luttant pour ne pas souffrir. Il était à présent sans défense, curieusement calme, dans un abattement qui pouvait passer pour de la tranquillité. Ne résistant plus à rien, ne cherchant plus à se convaincre de quoi que ce fût, il devenait la proie du rêve. Une proie à l'intelligence, à l'imaginaire et aux sens intacts, tournés au-dedans et au-dehors, qui n'opéraient plus de séparation entre lui et le monde, totalité bâtarde devenant un théâtre où se jouait son angoisse livrée à elle-même, avec la bizarre sérénité de la distanciation. Le souvenir de ses épreuves revenait massivement à une mémoire qui ne se protégeait plus des diversions de la raison. Au contraire, il en scrutait les détails, il en accusait le dessin dans une sorte d'horrible soulagement de l'abandon. Le paysage paraissait se plier à ces morbides reconstitutions. L'encaissement obscur du chemin plongeant entre deux talus devenait un couloir lépreux. Quelques troncs abattus tordant vers le ciel leurs branches nues et noires étaient des suppliciés. Un appel d'oiseau se changeait en cri de souffrance, un chant en rire hideux. De cette nature sereine semblait sourdre une cruauté universelle, un Pan bourreau. La vastitude des champs s'emplissait d'une rumeur.

L'ombre gagnait, annonçant la nuit. C'était le *Pays de cocagne* s'obscurcissant des nuées de la *Journée sombre* et se peuplant des grouillements cadavériques du *Triomphe de la mort*. Joachim hurlait, pendu au perchoir du perroquet.

Il était enfin terrassé, totalement vaincu par sa mémoire, après une interminable résistance dans laquelle il avait jeté toute son énergie, son intelligence et son savoir. La souffrance s'installait en lui sans plus être repoussée, raisonnée ou canalisée. Elle l'occupait. La seule chose susceptible de l'atténuer ne tenait ni à la volonté ni à la réflexion qui l'avaient bridée si longtemps sans la dompter, mais à sa propre intensité, excluant toute permanence, nécessitant des accalmies à cause de l'épuisement qu'elle provoquait. Cette première irruption sans frein du souvenir de la torture avait été aussi violente que la torture elle-même, un retour parfait à la source. Il n'avait plus devant lui que cette hideuse perspective de vie : l'alternance d'une douleur intolérable et d'une douleur sourde, comme au repos. La torture et l'attente de la torture. Ce que, livré au bourreau, il avait vécu quelque temps s'érigeait en système d'existence indéfiniment prolongé. Et, regardant cela avec détachement, un autre, quelque chose d'autre en lui, venait de naître, de se dissocier, dont il ne savait si l'indifférence provenait de la lassitude du corps ou du dégoût de la raison, tout en voyant à l'avance le corps s'habituer et la raison impuissante se réfugier dans le mépris. Il n'y aurait plus qu'un enfer cyclique, une pure douleur vivant dans une enveloppe figée, sous les yeux d'un esprit éteint. Il sentit l'approche de la mort. C'était encore une crainte, et déjà un désir. Un résultat et une inconnue. Sous les oripeaux de l'imagerie universelle, elle avait une familiarité affreuse et rassurante. Il y avait dans ce qu'il se figurait d'elle le refuge et la désolation, l'individualité et l'anonymat, l'amour et la répulsion, le mystère et la banalité. C'était un contour fait d'abstractions, une opacité de symboles. C'était la mort et c'était sa mort. Un phénomène et une histoire. Il se posait à nouveau la question de l'éternité et du néant. Il se demandait si la décomposition commandée par cet ultime événement menait à une absolue disparition ou à la simple transformation d'une matière persistant à rêver. Si la conscience était limitée à la cellule, ou bien si, dans l'énergie du devenir, il y avait de la sensation et de la pensée, du songe dans le nuage ou dans la fange. Il imaginait que l'altération radicale de la matière pouvait correspondre à une totale élimination de l'être, mais il n'en était pas sûr. Et cette incertitude ramenait l'hypothèse de la souffrance, la permanence de l'angoisse par le maintien de la conscience sous une forme quelconque, l'éloignement définitif de la paix. La possibilité d'un à peu près de néant le terrifiait, sur laquelle se greffaient des images monstrueuses et sans ordre. Il y voyait le retour au ventre froid d'une mère morte. La terre procédait de la cage et de l'asile. Il observait les progrès méticuleux du pourrissement où l'identité se diluait avec des résistances, sorte d'idiosyncrasie de la charogne refusant de se dissoudre. Il étouffait dans cette étroitesse de l'éternité. Il se demandait si cette matière morte animée de la vie larvaire de la décomposition garderait quelque faculté d'apprécier l'une ou l'autre des qualités du monde, conserverait une trace de sensibilité. Il lui venait des noms en foule : pénombre, fadeur, puanteur, relent, humidité, chuchotement, viscosité... et leurs épithètes : blafard, douceâtre, furtif, gluant... Demi-monde, ébauches de l'indistinct, amorces de sensations, pure horreur. Il imaginait encore que la conscience se figerait à jamais dans la contemplation de l'incapacité absolue : non-voir, non-sentir, non-goûter, non-toucher, non-entendre. Une parfaite impuissance se sachant elle-même. Et dans le paradoxe de cette conscience souffrant nécessairement de ne pas éprouver, il soup-çonnait une mélancolie définitive. Surtout, dans la moindre trace imprimée par la vie dans la matière morte, dans le plus infime souvenir légué par le temps à l'éternité, il voyait l'enfer. Il lui semblait que le néant en tant qu'absolue délivrance ne pouvait se concevoir, exigeait, bizarrement, un acte de foi. Et il en vint à cet ultime credo qui allait contre tout ce qu'on lui avait enseigné de l'esprit : il fallait que la mort tuât la mémoire.

Il était parvenu à l'ancien moulin, construit sur le rebord interne du court plateau formé par l'arasement de la crête. C'était une bâtisse ronde de granit qui servait de remise, dont la maçonnerie primitive assez grossière était presque entièrement cachée par une cimentation récente. La partie haute, architecture de bois pivotant sur ce socle de pierre et recouverte d'un toit d'ardoises en cône, avait été bloquée, et on avait démonté la voilure et les ailes, ce qui, ôtant à l'édifice son caractère industriel, lui donnait une allure de donjon trapu placé en défense aux confins du domaine, ou de tour de guet surveillant la menaçante vastitude de la mer. Joachim poursuivit sa route jusqu'à l'endroit où le chemin, arrêté par un à-pic de cinquante mètres, contournait le moulin et obliquait à l'est, suivant les longs méandres de la falaise. Dans cette direction, la crête prenait de plus en plus de hauteur. Elle s'abaissait progressivement vers l'ouest puis, au retour d'un cap arrondi qui la faisait dévier, vers le nord où elle s'enlisait dans une grève, effondrement du littoral qui précédait les premières maisons du bourg. Greffé sur le coude du chemin, un sentier étroit descendait en lacets jusqu'à une plage encaissée dans l'évasement d'une faille. Des blocs de granit émergeaient d'un sable blanc dont la frange externe, étroite, ternie et lissée par les eaux, indiquait le commencement du reflux. Les derniers flamboiements du soleil disparu derrière l'horizon donnaient encore à l'extrémité du ciel et de la mer quelques pâleurs de jour. Repoussant de toutes parts ce crépuscule, la nuit s'avançait sur l'océan. La lune déjà levée passait de la transparence à la clarté, et quelques brillances d'étoiles apparaissaient dans un ciel pur. Le village et le port s'illuminaient et semblaient un grand navire, tous feux allumés, amarré à la côte. Le vent de suroît, dont jusqu'ici Joachim n'avait senti que quelques remous dans la dépression des champs, le frappait de plein fouet, balayant la falaise. La nuit vint tout à fait. La lune nappait le paysage de sa lumière crue, dessinant avec précision, en noir et blanc, les reliefs de la terre qui se découpaient sur un fond de clarté froide et jetaient leurs ombres sur la pâleur uniforme des prairies. A côté des blancheurs douteuses de la côte, l'Atlantique, qui absorbait les rayons lunaires impuissants à l'éclairer, était une immensité noire. La nuit, demi-jour en haut, obscurité en bas, semblait issue de l'océan plutôt que du ciel. Cependant la brise de mer, forcissant, créait au sommet des longues lames des déferlements écumeux à la rencontre des récifs et des hauts-fonds, brefs scintillements semblables à des reflets d'étoiles dans un miroir tumultueux et sombre, qui animaient l'opacité du gouffre d'une sorte de vie sinistre et menaçante.

Perdu dans la splendeur de ce point de rencontre des éléments où la terre était un spectre et l'océan un monstre éclairés par l'infini, égaré par la force irrésistible de cette diversion, Joachim renouait avec une curieuse liberté d'esprit née d'un brusque sentiment de la relativité. Celui-ci résultait d'abord de la confrontation de sa propre souffrance, infime dans le temps et l'espace, démesurée dans l'intensité, et de la parfaite indifférence des abîmes devant lesquels il se trouvait. Il était un rien contemplant le tout, une seconde tâchant d'apprécier l'éternité. Seconde de cette minute qu'était la vie de l'espèce, de cette heure qu'était la vie organique. Il soupçonnait tout ce qui touchait sa propre nullité d'être nul. Sa douleur s'aggravait, par moments, d'insignifiance. Il en venait à cette pensée que l'être seul comptait, et que ses facultés, concevoir, sentir, douter, souffrir, n'étaient que les signes de ses insuffisances. L'univers qu'il regardait n'avait que faire de la conscience, de l'imagination ou de la douleur. Il était, et l'indifférence qu'il lui prêtait ne dénotait qu'un mépris de l'inutile. L'univers n'avait pas à se justifier, à se chercher une origine et une finalité, un créateur, un père ou un idéal pour sublimer un trop peu d'espace et un trop peu de temps. Il existait dans un triomphe, dans la perfection de la puissance et de la beauté, hors de toute perplexité. Cela suffisait, et il n'y avait rien au-delà de cette suffisance. Et rien en deçà, ce qui faisait de lui, Joachim, un épisode, de sa douleur une anecdote. L'histoire, la pensée, Dieu même se perdaient à l'horizon des événements, où commençait l'immuable. Il acceptait d'être un rien, mais il ne lui semblait pas tolérable que ce rien eût reçu en partage la conscience et la souffrance, fût à ce point distinct du néant qui aurait pu neutraliser sa position. Et il lui revenait sur l'impossibilité de cette adéquation, non dans la durée de la vie, ce qui était l'évidence, mais après la mort, une inquiétude lancinante. Cette infranchissable distance entre le néant et lui-même, entre le rien absolu et son approximation vivante, l'amenait à errer en sens contraire. Il se demandait si la conscience de l'infini ne pouvait se comparer à son objet, l'égaler, si l'instant conscient de l'éternité ne se haussait pas au niveau de l'éternité inconsciente d'elle-même. Mais il repoussait aussitôt cette idée comme un pur sophisme s'acharnant en aveugle à nier dans la pensée et dans la vie le fugitif et l'accidentel, et aussi à justifier la douleur par une absurde espérance. Il y avait quelque chose de religieux dans cette manipulation de l'intolérable, dans cet espoir envers et contre tout, et il refusait d'y revenir, parce que la perte de sa foi venait précisément de la certitude de l'impuissance devant l'intolérable, et que son propre espoir ne résidait pas dans la sublimation, mais dans la disparition. Il était dans un enfer dont la pérennité, qu'il redoutait, dépendait de deux pôles : la relativité du néant et l'absolu de l'univers. Peut-être le salut, qu'il ne pouvait se figurer d'un côté, tâchant seulement d'y croire, résidait-il dans la relativisation de l'infini et de l'éternel, qui, introduisant des limites, reconduirait au néant par un immense détour. Refusant de penser que l'esprit, parce qu'il pouvait imaginer l'absolu, en était comme par miracle contaminé, il tentait de ramener l'univers à lui-même, fait d'espace étroit et de temps compté. Et il lui revenait quelques bribes d'un savoir longtemps enkysté dans les certitudes de la foi. L'espace à la puissance n'était pas l'infini, le temps à la puissance n'était pas l'éternité. Et peut-être même y avait-il entre lui et l'univers la proximité de la douleur. Il songeait au déchirement de l'explosion initiale, à l'épuisement des étoiles jusqu'à la limite du fer, à la disparition des planètes, à l'effondrement des galaxies, à la désintégration des protons et des trous noirs. Toute cette convulsion, cette transformation d'identité de la matière lui rappelaient sa propre souffrance. L'horizon des événements révélait des tunnels par lesquels l'histoire se glissait dans l'immuable. L'expansion de l'univers impliquait autant la limite que le continu, et sa fermeture, à travers les principes de la densité critique, de l'effondrement, du retour, était quelque chose comme une naissance et une mort. Cependant l'hypothèse du rebond, d'une renaissance, le tourmentait. Elle contenait l'idée de l'éternel retour. Cet éternel n'était sans doute qu'un abus de terme désignant la répétition indéfinie de l'événement, comme l'infini désignait l'expansion indéfinie. Mais dans cet indéfini, qu'il fût cyclique ou linéaire, il voyait autant l'absolu que le relatif, autant l'immuable que l'histoire, autant l'être que le néant en tant que fin dernière. Ce vertige des paradoxes le ramenait à des ruines, aux restes d'un Dieu qu'il avait détruit. Il ne cherchait pas à savoir si ce Dieu était l'origine ou la fin, l'impulsion ou la destruction, hors du temps et de l'espace ou dans l'infini de l'espace et du temps, le tout à jamais ou le rien ultime. Il lui demandait seulement, en un étrange retour à la prière, de créer l'oubli, parce qu'il l'accusait d'avoir créé la douleur.

Il entendit la sirène d'un bateau rentrant au port. Sur les docks presque déserts, esquissés par le pinceau de la lune, que des réverbères précisaient par des cercles de lumière orange régulièrement répartis, une automobile roulait, illuminant de ses phares au hasard de son parcours les portes de l'écluse, les entrepôts, le marché aux poissons, le bassin de radoub, les mâtures et les œuvres mortes des navires à quai, un groupe d'hommes attendant sur l'appontement d'un débarcadère l'arrivée du bateau. Ce retour à l'humanité quotidienne s'acharnant à construire au-dessus du vide, existence en sursis employée à un progrès ne menant nulle part, provoqua chez lui un sentiment de dégoût et d'accablement. Cette activité de fourmi, raréfiée du fait de l'heure, à demi engloutie par la nuit, vue d'une hauteur et à une distance qui en aggravaient l'emphase de théâtre d'ombres, lui sembla une image d'apocalypse larvée où des pantins entêtés continuaient absurdement à s'agiter. Et dans cette image où il mettait tout le cauchemar anodin de la réalité, miroir paisible dont l'autre côté était la violence, il se regardait lui-même. Il se détourna et remonta vers l'est le chemin de la crête. Celui-ci allait en ligne droite sur quelques centaines de mètres, entre le bord de la falaise et un long mur de pierres sèches partant du moulin, maçonné de mauvaise herbe, à demi enseveli dans des contreforts de bruyère et de genêts qui paraissaient le rendre indestructible. Cet ouvrage était une barrière à double emploi dressée contre l'érosion du vent maritime et le vagabondage du bétail. Le chemin s'incurvait ensuite vers la gauche, contournant une énorme faille, effondrement sans doute assez récent, car l'ancien tracé, continuant tout droit et tombant soudain dans le vide, n'était pas encore tout à fait effacé par la végétation. Joachim s'y engagea et, fasciné, considéra l'abîme. Les grandes lames de l'Atlantique, venues silencieusement du fond de la nuit, s'engouffraient dans cette colossale entaille, s'y resserraient jusqu'à escalader les parois à mi-hauteur, et explosaient dans un tonnerre assourdissant prolongé par l'écho. L'écume volait au-dessus de la falaise et retombait en embruns sur la crête. Puis les masses d'eau bouillonnante s'affaissaient, se retiraient avec un chuintement qui emplissait l'espace, et allaient heurter à reculons la vague suivante démesurément grossie de cette rencontre, avant un nouvel assaut. Les hasards du relief, de l'orientation de la faille, des fonds du littoral, du vent et de la marée, de l'heure et de la lumière nocturnes, avaient créé là un déchaînement circonscrit, une fureur localisée et passagère que Joachim voyait à son paroxysme, dont il ne savait quel était le trait le plus grandiose ou le plus horrible : la hauteur vertigineuse des murailles impassibles sous ces formidables coups de bélier ; le vacarme des détonations, des rugissements, des sifflements allant aux limites de l'aigu et du grave ; le silence soudain de la vague en formation s'élevant sur le reflux de la précédente, un instant immobile, monstrueuse, prête à frapper ; l'irrésistible déferlement de la mer dans la faille ; la lividité de ce chaos éclairé par la lune... Il recula et se retrouva dans la paix de la nuit. Ces quelques pas avaient suffi à effacer le tumulte confiné dans l'encagement du précipice. Il reprit le chemin et contourna la faille, après laquelle la crête s'élevait sensiblement sans plus dévier. Il ne savait pourquoi il marchait, où il allait. Il savait seulement qu'il ne pouvait se résoudre à s'éloigner de l'abîme. Il le côtoyait, en équilibre entre l'attirance et la répulsion, dans une perplexité de l'instinct se donnant inconsciemment un délai, attendant la venue d'une décision de l'esprit ou d'un geste irrépressible du corps. Il parvint à l'extrémité sud-est des champs de l'abbaye, près d'un long bâtiment en ruine appelé Les Granges, à l'angle duquel le sentier tournait pour revenir au canal en longeant la limite orientale du domaine. La crête, à cet endroit, atteignait son point culminant, et la falaise tombait verticalement, soixante-dix mètres plus bas, dans un amas granitique découvert par le reflux, encore luisant de l'humidité de la pleine eau qui l'avait submergé. Joachim s'arrêta à l'amorce de ce chemin de retour. Il se trouvait à peu près à la hauteur de la colline où était bâtie l'abbaye qu'il voyait avec une parfaite netteté et qui, à vol d'oiseau, semblait toute proche. Il distinguait avec précision la clôture, l'église et les bâtiments monastiques, les fabriques et les communs, les arbres du parc et, derrière le rideau de feuillage émergeant de l'enceinte générale, l'hôtellerie. Le monastère, dans la lumière blanche de la nuit qui le stylisait par les contrastes nets du très clair et du très obscur, ne montrait aucune trace d'éclairage intérieur. Tout semblait dormir. Cependant une fenêtre haute de l'hôtellerie dessina un instant dans l'uniformité de la façade son rectangle jaune, puis disparut. Joachim continua à fixer, même après son effacement, cette ouverture qu'un court signal avait située dans la pénombre. Il revenait à la fenêtre de sa chambre, en train de contempler le paysage où il se trouvait à présent, qu'il avait détaillé pendant des heures, des jours, des mois, fuyant une angoisse qui, ne pouvant se dissoudre dans l'observation, s'y était projetée au fil du temps. La simple coïncidence initiale de ce paysage et de cet état d'esprit avait engendré un exercice de style, faux dérivatif dont la minutie se chargeait d'une inquiétude. Contamination de la gratuité d'un lieu par la gravité d'une pensée. Déplacement d'âme qui avait fait de ce lieu une image, d'une réalité topologique une production de l'esprit. L'illusion, pour une fois, jouait en sens inverse. La perspective vraie se cachait sous l'imposture d'une réduction à deux dimensions. C'était saisir directement la nature et, sans chevalet, sans pinceaux, sans couleurs, par la seule force d'une intelligence inconsciemment au travail, poussée par la nécessité plutôt que dirigée vers un but, l'abaisser ou la hausser au niveau de l'artifice. Et pourtant le but était là, informulé. Cette transmutation du lieu en image, du réel en illusion, offrait la virtualité de la fuite, de l'évasion dans la fiction arrachée à la vérité du site, de la disparition dans le hors-champ, dans tous les hors-champ possibles de cette peinture, métonymie d'un ailleurs mental, encadrée par les montants de la fenêtre. A présent il avait la bizarre impression de se trouver dans ce tableau, de s'être introduit miraculeusement dans une perspective illusoire, impression renforcée par l'étrangeté violente et ténébreuse de la mer, l'irréalité de la lumière, la profondeur incertaine du ciel et de la nuit. Il considérait l'emplacement de sa fenêtre, dont la brusque illumination était encore imprimée sur sa rétine, comme une ouverture étroite sur un en-deçà, monde où lui-même avait été ce mélange de peintre passif et d'observateur méticuleux, dont il lui restait une souffrance assoupie. Il en attendait l'inéluctable réveil, profitant de cette analgésie issue de l'approximation géographique et mentale où il se trouvait. Mais dans un recoin de sa conscience, il savait qu'il n'y avait pas plus de refuge dans l'imaginaire, de liberté dans la fiction, de possibilité de fuite dans la poésie d'un lieu artificiel que de délivrance dans l'exercice rigoureux de la raison. Épuisé, il se coucha sur le chemin et s'endormit lourdement, d'un sommeil sans rêve, qu'il n'avait pas connu depuis bien longtemps.

Il s'éveilla à l'aube, sachant clairement qui il était, où il était, où il en était. Il sentit à nouveau en lui la brûlure de la mémoire. Il se leva et fit face au gouffre. D'un pas de promeneur, ferme et lent, il s'avança vers la paix.

BRODARD ET TAUPIN À LA FLÈCHE
D.L. SEPTEMBRE 1987. N° 9727 (6226-5)

Collection Points

SÉRIE ROMAN